大地公民

张羊羊

著

长江出版传媒　长江文艺出版社

图书在版编目（ＣＩＰ）数据

大地公民 / 张羊羊著. -- 武汉：长江文艺出版社，
2021.8（2021.9 重印）
ISBN 978-7-5702-2171-4

Ⅰ. ①大… Ⅱ. ①张… Ⅲ. ①散文集－中国－当代
Ⅳ. ①I267

中国版本图书馆 CIP 数据核字(2021)第 105538 号

大地公民
DADI GONGMIN

插画：徐子晴

责任编辑：周　聪　　　　　　　　责任校对：毛　娟
封面设计：颜森设计　　　　　　　责任印制：邱　莉　　王光兴

出版：长江出版传媒 | 长江文艺出版社
地址：武汉市雄楚大街 268 号　　　邮编：430070
发行：长江文艺出版社
http://www.cjlap.com
印刷：湖北恒泰印务有限公司

开本：880 毫米×1230 毫米　　1/32　印张：8.125　　插页：2 页
版次：2021 年 8 月第 1 版　　　2021 年 9 月第 2 次印刷
字数：148 千字

定价：45.00 元

自　序

十二年前，当看到"燕子归巢、数张嫩黄的小嘴叽啾着张开时，一送一接的动作里包含着万物最神圣的关键词：哺育"，这原本是寻常的一幕，在某个年龄段却突然被打动了，我写了这个系列的第一篇《燕子》。

因为篇幅太短，我又写了青蛙、知了、喜鹊，起了个有点诗意的名字，给了《散文》杂志。是的，我一开始想写本《乡野的歌》。

越写越爱它们，慢慢地，许多不在乡野生活或者说平原上生活的眼睛也透出来，注视着我，那么温情，好像在说，也写写我吧，所以我给《天涯》写过它们，给《大家》写过它们，这个系列的名字改成了《大地公民》。

它们在我们身边飞着，跑着，游着，很快乐的样子，它们觉得我们善意，是朋友，却不曾想我们给它们的大多数起了一个总名字：野味。它们许多被我唠叨地写成了不能去吃的主食、美食与零食。

还有一种鞋，全球只售十双，它由九种动物的皮肤制作而成。除了鸵鸟皮、鳄鱼皮、蛇皮这些我们常见之外，还有蜥蜴皮、大象皮、海瑶皮这些骇人听闻的皮质原料。我不知道那十双鞋运来运去的脸会长成什么样子，它应该只有一双眼睛，它的脚下却踩了九双眼睛。

有些动物只能从纪录片里看到，有些动物没机会和它们共同生活，难免会有常识性错误。我写它们不是科普某类知识，那些书可以选读的很多。十年的重复书写、笨拙书写，我所要呼唤的东西，大概都能感觉得到。包括我的另一个植物系列写作《草木来信》。

我不太想写蝙蝠，似乎遇见了点特殊的事，于是也把它写了下。写完海豚，这本书就暂时结束了，虽然还有很多很多可以写的动物朋友，我怕是写不完的。

二〇二〇年立夏

目　录

羊

为这个世界而到来，我愿意把它们当作一个伟大而纯洁的秘密，愿意 J. H. 摩尔把它们称作天空的孩子。

每当傍晚羊群回到畜栏的时候，狒狒总是忙于抱起每只小羊羔，十分温顺而小心地送到正在"喊叫"孩子的母山羊身旁，并让它吮吸母羊的奶头乖乖地吃奶。狒狒的记忆力非常好，它知道每一只小山羊是属于哪只母羊的，一点不会搞错。因为母山羊只有两只奶头，所以狒狒发现哪只母羊生下三只小羊时，它就把第三只小羊送到另外那只生一只小羊的母羊身边去吃奶，使这只"多余"的小山羊也能长得健壮。

这幅温馨的画面读起来像一个美丽的童话，可在非洲西部的一些农民家里就不再是胡编乱造企图感染人心的矫情故事。我就愿意为一只狒狒鞠躬，或者干脆做那样一只细心、聪明的狒狒，尽管它那令人忍俊不禁的憨态中有着被人利用的粗线条，尽管它从此开始了依赖于人类慢慢远离大自然的生涯，可它至少还能用它的"行为"削弱着人类日益加剧的困境。如果人能读懂某些细节、读懂一只狒狒为什么会忙碌着为不同的族类均分着爱的话，大地又将呈现怎样的一片祥和？前年夏天，我的同学谭书琴远赴可可西里无人区志愿保护藏羚羊，因不适应气候而病倒，我在南京的报纸上关注着她的行程和病中写下的可可西里系列日记，并在陆川的纪录片《可可西里》中嗅着藏羚羊的气息，嗅到的却是大片森森白骨中呛人的火药味以及不可遏止的愤怒。我始终觉得藏羚羊能够在那样恶劣的地方慢慢适应并奇迹般生存下来，近乎一种圣灵的化身，它们躲避着世界上最可怕的动物，却依然陷入被这种可怕动物赶尽杀绝的危机。那么，上帝对它们的仁慈眷顾和我眼眶的潮湿又如何与那些贪婪的涎水抗衡？

有一种生肖的选用与排列是根据动物每天的活动时间确定的：下午一时到三时，是未时，羊在这时吃草，会长得更壮。我属羊，在一九七九年五月的一个子夜时分出生，没赶上食物富足的时间，但我出生的时候能赶上酣睡的时辰，想必不会与饥饿产生联系了。我肯定是在未时吃得饱饱的，然后懒洋洋地从子时来到这个世界，试图过上吃饱睡足的生活。若干年后，这个属羊的孩子在放学后开始了另一门重要的功课：左手挽只竹篮，右手握把镰刀，晃荡在田野。这个孩子也会牵着家里的母羊穿过乡间的小路，去邻村的一位

羊

大婶家，然后把羊交给大婶，看着家里的羊和大婶家的羊"打架"，孩子从不关心出自大人嘴里的一个模糊词语，他只是在四个多月后惊喜地看着两只小羊羔从母羊肚子里滑了出来"咩咩"地叫着。然后，他每天傍晚就更努力继续着功课：鲜嫩的青草。

又过了若干年，我就离开了乡村，生活在只剩下人的地方。在一个特别想念羊的傍晚，我遇到了古希腊女诗人萨福，她在眺望那首温情的牧歌"羊群归栏，孩子们都投入母亲的胸怀"，我无比热爱这软绵绵的诗句，就像看见我喂养过的羊那双温和的眼睛一般；我也遇到了苇岸，"在所有的生命里，我觉得羊的存在蕴意，最为丰富"，我热爱他为羊做出"上帝之子"的命名；我还遇到了《诗经·无羊》的"谁谓尔无羊？三百维群"，羊来的时候犄角挨着犄角的密集想象，我热爱它们"矜矜兢兢，不骞不崩"的有序和谐，热爱它们"或降于阿，或饮于池，或寝或讹"的千姿百态，竟那么从容乖巧和错落有致。

而我所见的仅仅是有限记忆里那零星的几只，是李时珍《本草纲目》里"生江南者为吴羊，头身相等而毛短"的那几只，就是这几只里还有我一段忧伤的记忆：在低矮、阴暗、潮湿的平房里，我喂养过的母羊在产下两只羊羔后便死了，我和母亲抬起它扔进了不远处的一条小河，我为此大哭一场。母亲从集市买回婴儿用的奶瓶和奶粉，我暂停割草的功课，"强硬"逼迫它们继续活下去，而活下来的只有一只，我为另一只再次大哭一场。活下来的那只很快长成了温顺的母羊，我继续快乐地走过田野。只是，若干年后，母亲趁我不在家的时候把它卖给了屠羊人，乡村生活开始结束，记忆也由此短暂中断。于是我只能嫉妒居住在草原的书写者，他们的文字里会闪出我所羡慕的"羊群"，而"羊群"对我而言是一个过于庞大又过于奢侈的词语，仿佛我至今的行走是一段充满缺憾的旅程。在广袤无垠的草原上，"羊群"就是那一团团游走的白云，偎着它们，一生所渴望拥抱的东西就在身边。如果能在这"白云"间尽情地呼吸，和心爱的人填写余生，那将是无限美好的事。

我向往看一看北方的羊群，却没有勇气去北方生活，这也许与我虽不是一个素食主义者却有着不吃羊肉的习惯有关，北方足以令我想起天寒地冻殃及无辜的羊的概念。在南方，无论父亲怎样劝我嚼下那块味道鲜美又可以暖胃的羊肉，我都无从下筷。这并不是想说我有颗多怜悯的心，即使是在做完羊肉后起锅的菜我也绝不碰上一碰，这种排斥我一直也没能说清楚缘由。我会闻到一股味道，那味道也并不是其他不吃羊肉的人所说的简单的"腥"，我把这算作一份天生的胆怯。"羊在六畜，主给膳也"业已形成天经地义的定论，兴许对饮食的考究本身就是人类文明进程的重要支流，那我又有什么理由去反驳？袁枚说全羊席的制作方法有七十二种，好吃的也只不过十八九种罢了，这个行走于大江南北的食客似乎还带着几分叹息。不过他的《随园食单》里有一道"羊肚羹"说，"将羊肚洗净，煮烂切丝，用本汤煨之。加胡椒、醋俱可。北人炒法，南人不能如其脆"，我看了倒是在想，人的胃在消化羊的胃时那会是什么感觉？即使反复碰撞、摩擦过后，黏液里大概也没有青草的味道了吧。

宋代洪皓《松漠纪闻》载："女真旧绝小，正朔所不及，其民皆不知纪年，问则曰'我见青草几度矣'，盖以草一青为一岁也。"是啊，草儿因为春风吹拂还能一岁一枯荣，人的宿命又将归为何处？与其说被苇岸"那吃草的，亦被草吃；那吃羊的，亦进羊腹"的忠告深深击中，不如用个时髦的词语"环保"吧！也曾几度为董仲舒在《春秋繁露》里的一段描述沉思："……羔有角而不用，如好仁者。执之不鸣，杀之不号，类死义者。羔饮其母必跪，类知礼者……"每每于此我的耳边就会响起"咩咩"的叫唤，无论是我喂养过的还是我不熟识的那只，我的心都会被这声音的节奏揪住，我实在找不到除了羊之外还会有如此温文尔雅的动物了。

似乎与艾克瑟·林登感同身受："在我和羊之间有一种东西，在世上存在的年代如此久远，远过我和羊儿的生命时长，远过这些灌木和树木，甚至远过书本和知识。"那是一种什么样的东西，艾克瑟·林登说不出来，我也说不出来。

我开始带着一种莫名的虔诚用六笔写着"象四足尾之形"的简

化字，我还把"羊"字重叠换取了以前的名字，如果还必须解释点什么，我只想说我属羊也喜欢羊，就像喜欢娶回来的属羊的女人一样，只是很遗憾没能在第三个本命年生一个属羊的孩子。

獾　子

其实，我对康·帕乌斯托夫斯基的最初阅读是那本《金蔷薇》，但与其说记住了他的名字还不如说记住了他笔下那只因为试图偷吃他煎锅上的土豆而烫伤了鼻子的小獾子。那个事件里，他身边有个善于虚构的九岁的孩子，而大人们却极喜欢他的种种虚构，比如孩子一会说听见了鱼儿喁喁私语，一会又说看见了蚂蚁拿松鼠皮和蜘蛛网做成摆渡船用来过小溪。确实，换作我，我也喜欢这种虚构，也舍不得捅穿这种美妙而温情的虚构。无论在哪里，孩子们总能看见大人看不见的美好事物。

那个孩子在獾子烫伤了鼻子的第二天早晨叫醒康·帕乌斯托夫斯基，说看见獾子在医治烫伤的鼻子，孩子拉起他的手要去证实自己没有撒谎。随即，在他眼前出现了这样的一幕：獾子在一个树桩中心挖了个窟窿，把烫伤的鼻子埋进那儿潮湿冰凉的烂木屑以使得鼻子凉快一点。他还看见，那只獾子坐下哭了起来，圆圆的泪眼，

獾 子

一边呻吟一边用粗糙的舌头舔受伤的鼻子……我忍不住也揉了揉鼻子，仿佛某年某月某日的傍晚，我饥肠辘辘放学归来看见母亲做好的菜肴，探鼻一闻不小心被热气烫着了一般。那一刻，我像极了那只小獾子。

以上，是我对獾子的间接认识。在没有山丘、森林的地方，我那些没有被烫伤鼻子的美食家朋友总能嗅到特殊的味道。时常穿过两三条巷子，在某个不起眼的小餐馆坐下，作为老主顾的他们，想吃什么老板心领神会，然后从冷藏柜里掀开第一层的肉类块状物，掏出下层大大小小、一坨坨的肉类块状物。稍会工夫，几个热气腾腾的锅仔摆在我们眼前，在经过老抽装饰一番后，会有人教我辨识什么是麂子、什么是野猪、什么又是獾子。这里，才是我直接认识獾子的地方。而我实在是太差劲了，根本尝不出什么是麂子的味道、什么是野猪的味道、什么又是獾子的味道。

我喜欢看它们在大地上行走的样子，如果能撞见一只獾子来偷吃我煎的土豆也比我能吃到它的肉的欲望来得强烈。獾子有很多种，常见的有狗獾、猪獾和狼獾。这样的区别显而易见，模样长得偏像于另一个物种而已。我所能确定的是，康·帕乌斯托夫斯基遇到的肯定不是生活在北极边缘的狼獾。狼獾比较凶残，像狼一样有自己的领地，不太会爱上土豆并且有一双圆圆的泪眼。至于是狗獾还是猪獾，他也没说明白，我从他的描述中更倾向于写的是猪獾。

有时候，我特别想穿上獾子的皮毛，出现在地方志分明记录了有獾子的乡野，因为闻得到伙伴的气息，那些原本以为消失了的獾子们从角落里探出头来。我原来是认得它们的，那个叫小明，那个叫小朋，那个叫小友……我和它们在一起特别快乐，我不再双脚直立行走，那是多么难看的走路姿势啊。我四肢踏地，在草丛中奔跑。头顶有那么多星星，我们商量着今晚的活动，先偷张羊羊家的玉米吃，再把张羊羊那个喜欢吃我们同伴的朋友家的红薯地翻一个遍……等妈妈叫我们了，我们就唱着胜利的歌儿回家去。

　　"一年以后。我又在这个湖的岸上，遇到鼻子留伤疤的獾子……我朝它挥挥手，但它气恨恨地对我哧了一下鼻子，藏到越橘丛中去了。"康·帕乌斯托夫斯基描述的那只獾子就像一个可爱的孩子，于是我也记住了那只獾子，我还给这獾子取了个名字：康·帕乌斯托夫斯基。

狐　狸

　　狐狸无处不在。幸运的会碰上瑞典牧羊人艾克瑟·林登这样的，虽然他猜偷羊贼是狐狸，但他从没有打过狐狸。他曾经见到过一只，犹豫了很久也没动手，所以错过了机会，最主要的是他不喜欢打猎。

　　当然有不幸的，会碰上意大利人毛罗·科罗纳的父亲，因为毛皮珍贵若有了破洞就卖不出好价钱，他父亲会利用吃剩的肉制作毒饵：在炉火旁烤一小块肥肉，待一变软，趁尚未融化，小心翼翼地用大拇指和食指拧着奥地利制的装了有毒氰化物的黄豆般大小的玻璃瓶，插进里面……狐狸的后腿就吊在了墙上一对特制的钉子上。

　　有一只狐狸是在小王子因为发现自己并不是拥有宇宙间独一无二的花朵而趴在草地上痛哭的时候出现的。这是一只生活很单调的狐狸，它去捉鸡，然后人来捉它，对它而言，所有的母鸡都相像，所有的猎人也差不多。它希望小王子驯养它，这样它就能听出一种

狐　狸

脚步声和别的脚步声不一样，别的脚步声只能让它钻进地洞，小王子的脚步声却像音乐一样把它从地洞里召唤出来。这只可爱的狐狸，给小王子讲了一个彼此需要的道理：唯一性。

我们似乎有一种根深蒂固的概念，狐狸就是偷鸡的坏东西，其实它也捕捉田鼠的。即便它偶尔捉了只鸡，也是出于饥饿，这种本能是纯洁的，它远没有我们这种坏东西贪婪。小的时候，我们就从课本上学了狐假虎威的故事，长大了又有可能被指责交上了狐朋狗友，反正在汉语长河里我没发觉与"狐"这个字眼相关联时是关于赞美的话。我现在只想简单想想，成语这种结构形式有时像个固执的老头儿，过于偏颇了，就没有了胸怀也有点不讲理了。狐狸敢不敢在老虎身边出现是个问题，小王子有狐狸这样的新朋、我们有狗那么忠诚的老友，有什么不好呢？

而这已经是怎么样的一个世界？有人说连孩子看到杀狐狸都不哭闹了。当我瞄了一眼那些图片，随即转身，大批狐狸皮晒在树干上，就像老农晒着一根根柴火。在狐狸因为皮毛而毫无尊严地死去时，我们把人类的尊严也扫得一干二净。

我平生见过一次狐狸，三四只的样子，它们毛色黯淡，杂乱，蜷缩在一只铁丝笼里，眼神有点捉摸不透，与我想象中的优雅和神秘沾不上一点边。如果我的判断没错的话，他是一个山民，捕猎为生，来自哪座山村无从知晓，他双臂交叉，耐心地搜集着来往人群中可能性的主顾。但我能确定，在我生活的这座平原上的小镇，他是不可能卖出这几只狐狸的，许久无人问津他可能百思不得其解，靠山吃山的人杀只狐狸和我们这些靠水吃水的人杀条鲫鱼一般习以为常。

多年前我的奶奶曾从堆柴火的老屋惊叫着跑出来，一阵踉跄，脸色苍白，手拍打着胸口嘀嘀咕咕。母亲问她出什么事了，是不是看见了蛇？半晌过后，她才吐出了两个字"狐狸"，母亲听后也吓了一跳，是不是看错了？猫吧？奶奶一个劲地摇头："尖嘴，大尾巴，怎么可能是猫呢。"母亲拉着她壮胆再进去看看，奶奶却只是一个劲往后退。那刻，我的少年英雄气概顿时布满全身，我说我进去看看。母亲连忙伸出的手没能拉住我细幼的胳膊。我在老屋里仔细搜寻了一遍，除了一只老鼠外没有任何动物的踪影。母亲和奶奶才又提心吊胆进屋子看了看。

其实谈不上英雄气概，在我眼里，狐狸不过是一种可爱的小动物。至于有关狐狸的邪乎传说我是向来不相信的。比如那次某厂原址翻建，老房子里逮住了两只白狐狸，一个胆子大的工人两铁锹就把它们铲死了，一个月不到，这人就得绝症死了。类似的故事经口口相传更把狐狸的传奇色彩渲染得越来越悬乎，我只是觉得某种巧合而已。我不反驳奶奶是不是眼花看错了，即便真有狐狸出现也不是奇怪的事。当家园丧失，狐狸也有流浪的时候。《武进县志》记载：清康熙二十八年（1689 年），芳茂山猛虎伤人。康熙三十年（1691 年），迎春乡民于山中捕杀虎六只……然后人口增长迅猛，土地开发加紧，捕猎增多，野生动物锐减，然至民国时期，仍见水獭、狐出没，兔、刺猬、獾、黄鼠狼、野猫、喜鹊、黄莺、啄木鸟甚多。芳茂山离我居住过的村庄不过几十里而已，山不高，三百多年前居然也有老虎生活。时至今日，这片土地上能常见的可能也就喜鹊、麻雀了。但狐狸肯定还有的，过着躲躲藏藏的生活，一旦迷路了，穿乡过野，也就串门到了我家的那间老屋。

曾看过一则晚报新闻，说长顺街一家店铺打起了吃"狐肉煲"的招牌，店内张贴了大量的宣传画报，画上有红烧狐肉、炒狐心、炒狐肝、狐肉煲等菜品。看这菜单有点"全狐宴"的排场，只是没人敢轻易品尝。那么多可爱、温顺的动物都难以幸免于人类这张嘴巴，狐狸为什么就不能吃呢？说这话并不是我赞成人们吃野生动物，实在是感谢狐狸，终于让食物链的终端者懂得了禁忌。

"农场住屋三间，旷无四壁，小树丛丛，蓬蒿满之"，如此场景适合鬼狐登场，《聊斋志异》一书中甚多，却也是蒲松龄真实的宿处。荒野孤寂，蒲松龄难免想入非非，这本书因此也成了我辈青春期时部分幻想的源头或依据。

试想一幅盛夏的情景：一只狐狸站在缀满沉甸甸的紫亮葡萄串下，它试了几次弹跳动作，始终没能摘下一串几乎触手可及的葡萄，它咽了几下口水，自言自语了一句"这葡萄是酸的"。我觉得这是一幅挺美妙的画面，闪烁着童话里的温情，这样的土地上，真有几只狐狸的身影时隐时现，倒也陡添了几分灵气。你看，它在蕾切尔·卡逊的《北极之约》里多可爱，"黄昏时分，一只白狐举着爪子，守在旅鼠洞穴口。周围一片寂静，它敏锐的耳朵听见地下的通道里有小脚在走动"。

可以时常翻翻那本哲性好书圣-埃克苏佩里的《小王子》，再温习一部暖心的老电影吕克·雅克的《孩子和狐狸》，让我们，让我们所有的大人们坐下来，静静地看一看想一想，为什么在孩子眼里，我们这些大人总是喜欢数字，为什么孩子对我们的宽容远远超过我们对他们的宽容……我们这些大人真的有点像大人了。

最后再让我们听听意大利人毛罗·科罗纳在《貂之舞》里的忏悔——那死去的狐狸恰恰足以证明我们的卑鄙。

刺　猬

　　我最近"遇到"的一只刺猬，生活在北京昌平地区一九九八年秋天的田野。

　　二十多年过去了，那片田野还存不存在是个问题，那只面貌模糊的刺猬还活不活着已不是个问题。我只是从苇岸未完成的笔记《一九九八：二十四节气》的《秋分》一节里感受和接近它："玉米已收获，地已犁，小麦刚种上。农民在接地头。一只刺猬从玉米秸堆中跑出，它没有奔跑的姿态，有危险它即缩成一团。刺是它的保障。"（落英文丛：《最后的浪漫主义者》，苇岸著，冯秋子编，花城出版社二〇〇九年十月第一版）。

　　因为是遗稿里的草稿，对于刺猬的描述还只是简略和粗糙的，如果时间允许，苇岸那种对汉语的清洁精神、对弱小动物博大无尽的爱，不知道他要赋予多少温情给这只刺猬呢。

　　很久以来，我感觉汉语病了，而且病得不轻。

刺 猬

读到一篇小学生作文《杀刺猬》，为什么要杀刺猬呢？小学生说姑妈病了，有经验的老人介绍一个偏方（我非常讨厌西药的化学结构，但有时更讨厌中药就地取材的残忍），喝刺猬的胆能治好这种病。杀刺猬的是他爸爸，从集市上买回一只皮球般大小的刺猬。他说"那小畜生乖巧得很"，其间描述了他父亲杀刺猬的"艰难过程"，又是菜刀又是剪刀，最后一把杀猪刀"对准刺猬中部，迅速一划，顿时鲜血往外冒了出来，像火山喷出的赤红岩浆"。小学生的结尾更有一句感叹"想不到，一只小小的刺猬，竟这么难杀"。

铺在我眼前的文字让我沉默了很久。坦白说，即便目睹了杀刺猬的过程，我读小学的时候还写不出这么出色的记叙文。拟人、比喻、排比等修辞手法用得十分精彩，细节描写一环扣一环，加上得当的形容词几乎可以让我身在现场。这样一篇文章，我猜不出语文老师能给他打多少分，我觉得给他满分都不为过。我纠结的是，在语文老师布置了一个什么样的命题环境下才让他写出了这篇《杀刺猬》？老师在适当的表扬之时会不会用红色的笔把"小畜生"这个词圈出来，给点温和的注释：刺猬，和人一样，都是哺乳动物，也需要母亲的奶水喂养。

我很难过。转而突发奇想，也许老师只是让大家写一篇诸如"你和小动物的故事"之类的作文，但还有没有小学生写《杀刺猬》的文章呢？果然。一个为了孩子生病后长个而杀刺猬的妈妈，她杀刺猬的过程同样记录在一个孩子的作文里，我非常感激那个孩子结尾的安慰：它又被淹了一会儿，这回真的不动了。于是我们便把它开堂（错别字，应为膛）破肚，这个小生命就这样被我们残害了，心里真有些惭愧，我想，以后我一定要不生病，免得用这些无辜的生命来治好我的病。

离开文字。几个朋友约我吃烧烤，说预订了一些好吃的东西。我对烧烤是非常喜爱的，尤其喜欢渗透在食物中的炭火味与食物本身交融的香，比如川黔之地那种熏肉。但我吃烧烤，点的东西，无非是韭菜、响鱼（在我所到的城市只有南京才有，这是令我很不解的，所以一般以秋刀鱼替之）、臭豆腐。等端上来一盘灰不溜秋的肉块，黏糊糊的，香倒是挺香，他们一个劲地劝我吃。我问了好几次是什么，深知我饮食脾性的他们才不作神秘，说是刺猬。我摇摇头，这当然也在他们意料之中。

而深知他们饮酒习惯的我，就在一旁等，我心里在想的一道算术题的答案当然也不会出乎我的意料，我就看着他们三个猜拳、喝啤酒，一直到吐。那道算术题的答案就是：三个人吐出两只刺猬。

鼹　鼠

　　同龄的朋友，你还记得吗？八十年代的黄昏，凑在一台十四寸大的黑白电视机跟前，看《鼹鼠的故事》的情景。它不像《米老鼠和唐老鸭》里的主角那么爱多话，愣头愣脑地从地下钻出来，支支吾吾一阵，我们却陶醉在它"Hi"、"Hello"、"咯咯咯"地笑、"呦呦"地哭的全部语言里。窗外那盘月亮和小鼹鼠世界里的月亮一样皎洁，一样诗意，那时候我们都还是孩子，能过上孩子该过的生活。

　　很多年过去了，我们也已过而立，你有没有想念那只憨态可掬、给我们带来无数快乐和感动的小鼹鼠呢？怀念，有时候意味着我们生活得没有以前好了，我们都不会扑闪眼睛了。比如我开始用现代工具"百度"来搜寻生命中一个真实的部分时，鼹鼠不再是我脑海深处珍藏下的关于一只机灵小动物的温情故事，而是"烤好后吃，主治恶疮疗肿"的一味中药。我无法接受"鼹鼠"用来吃这

鼹　鼠

样的事实，就像我无法接受粤菜中的一道"叫三叫"：取刚刚出生未长毛、未睁眼的小田鼠，食时用筷子夹鼠，田鼠发出一声叫，蘸佐料时发出第二声叫，第三声叫是入口时。人啊，对吃充满着无耻的想象力。

捷克斯洛伐克，一个诞生了伟大艺术家兹德内克·米莱尔和动画片《鼹鼠的故事》的国度。中国这片土地上有没有鼹鼠呢？既为中药，那肯定是有的，"鼹鼠，形如鼠，大而无尾，黑色，长鼻甚强，恒穿耕地中行，讨掘即得"，陶弘景的描述与记忆里的画面是那么的像。可是，中国有鼹鼠，会用《鼹鼠的故事》里那样可爱的眼睛和孩子们交换心灵吗？

我出生在一个《半夜鸡叫》肆虐的时代，在稀少的国产动画片里学习斗争。谢谢兹德内克·米莱尔，一个创作时把布拉格之春和东欧剧变皆关在内心门外的人，谢谢一只外国籍的小鼹鼠，他们互为一体的善意和童心，给我幼小心灵的关怀。影评人李焯桃所言耐人寻味，"捷克动荡的时局和曲折的民族命运，并没有让他滋生出暴怒和偏执，反而造就了一份淡定自若的生存智慧，让他们用具有捷克特色的方式来化解现实的困境"，这是因为波希米亚的土地和历史，塑造了捷克人向往自由、富于想象、平和幽默的性格。

重看《鼹鼠的故事》，已经是一个坐在彩色画面前的三十四岁的人了，让我和你一起温习其中的一个故事，《鼹鼠与鹰》：一场大雨中，小鼹鼠救起了一只未长羽毛的小鹰，并勇敢地击退了对幼鸟垂涎三尺的大灰狼。小鼹鼠买来小推车和奶瓶，开始承担起一个保姆的责任。它甚至需要找来一把梯子，才能给慢慢长大的鹰喂食了。面对小鸟的嘲笑小鹰哭了，聪明的小鼹鼠教会了鹰飞翔，一旦会使用翅膀，猎人就来了。小鼹鼠爬上猎枪阻止猎人对鹰的射杀，却被猎人关进笼子给孩子玩耍。鹰来救小鼹鼠的过程中，被猎人打伤，小鼹鼠又叫来了救护车。恢复健康的鹰带着小鼹鼠在城市寻找居住的地方，刚发现一棵树，伐木工就来了；又发现一棵树，原来是一个人工设计的饮料店，两个好朋友喝了杯饮料，却没钱买单，鹰于是拔了根羽毛作为交换。鹰带着小鼹鼠重新回到森林，大灰狼再次出场，这次的目标是小鼹鼠，已经非常强壮的鹰不费吹灰之力就把大灰狼抓起，扔到了山谷。鹰开始谈恋爱了，和另一只鹰双双飞远，小鼹鼠伤心得号啕大哭时，鹰又飞了回来。原来它的爱情有了结晶，小鼹鼠的小推车里装下三只小鹰，它又开心地当上了保姆。

多美的故事啊！可以令人微笑着流泪。兹德内克·米莱尔面对人类城市化进程中的忧虑，没有对抗，没有冲突，把自然和文明这两根弦调到最和谐处，借小鼹鼠叙述更多生命中形形色色的爱。虽然，兹德内克·米莱尔已于二〇一一年十一月三十日在布拉格去世，他的灵魂却在这颗星球上永远闪耀，就像这位"小鼹鼠之父"

临终前所言：我画了一辈子的小鼹鼠，最终我才知道，原来我画的是自己啊！

当我满怀感激地陪孩子一起看《鼹鼠的故事》时，好羡慕他那双还能扑闪的眼睛。我真想去捷克的原野和森林，寻找给兹德内克·米莱尔带来灵感的掘土堆的小鼹鼠，看看它丰富的日常生活。已过而立，你心中还有那只孩提时代的鼹鼠吗？

羊　驼

　　羊驼原本离我很遥远，它们栖息在南美洲秘鲁及智利的海拔四千多米的高原，与我生活的平原毫不相关。第一次见到它，我就觉得，在远古，我们有一个共同的祖先。据说，母羊驼的妊娠期八个月、每胎一仔，你看，生育周期和规律多接近于人类的母亲。

　　能够认识羊驼，有时得感谢"动物园"这种城市属性的部落，"一公里可以装下祖国了/非洲和亚洲就隔一个栅栏//没有湖沼/就给河马和火烈鸟挖个浅塘/没有纳米比亚和撒哈拉/就给骆驼和鸵鸟铺块荒地//东北虎怀念天气/丹顶鹤怀念迁徙/山河万里/给养奔跑与飞翔//我多想左臂搂猩猩/右臂搂猴子/世事涤荡/它们简单如孩子般的本性/感染我一种难得的幸福"（《野生动物园》）。

　　动物园这种地方，我特别想去又特别不想去，其中的纠结，我想大多数人都一样。老舍先生在《鸽》中写道："鸟兽们自由的生活着，未必比被人豢养着更快乐……鸟类的生活是非常的艰苦。兽类的互相残食是更显然的。这样，看到笼中的鸟，或柙中的虎，而替它们伤心，实在可以不必。可是，也似乎不必替它们高兴；被人养着，也未尽舒服……"这些文字写得也很是纠结，有谁能真正进入它们的内心呢？看到那些给它们一座山头都不嫌大的狮子、老虎和豹，你想，几十平方米的住所又会是如何的心情呢？

还是说羊驼吧，让我和孩子一起给羊驼写封信——

亲爱的羊驼：

你知道为什么我这两年去动物园比较多吗？告诉你，一是我的家住在你新家的隔壁，二是我幸福地有了孩子。

每到周末，我和孩子就有这样的对话：

"爸爸，我要去看长颈鹿。"

"我们先回乡下看爷爷奶奶，再去看长颈鹿好吗？"

"我不要看爷爷奶奶，爸爸，我要去看长颈鹿！"

在孩子眼里，很多动物朋友远远比与他有着血缘的爷爷奶奶重要得多。于是我只能向他妥协，其实他想去看长颈鹿，我也很想去看你。我会带着他坐淹城野生动物园里的"小火车"，一路去给长颈鹿喂谷树叶、给梅花鹿吃胡萝卜。直到遇见你，如此美丽的朋友，你长得既像骆驼又像绵羊，看起来那么温顺、乖巧又伶俐。特别是你天真善良的眼睛，深深震撼了我的

羊　驼

心灵。我的孩子也很快乐，你有没有发现，他手舞足蹈多想去抚摸你啊，我发现你给了他小伙伴般的感觉。

我也时常会想念你。我觉得你看着我时，分明也发出了让我常去看你的邀请。你看，想你的时候，我们就去看你了，看你时我的脸上会长出最真实的微笑。但每一次去看你，"小火车"停靠在黑熊、狼的"爱心喂养"站时，家长们就买了活鸡让孩子们投给那些只能等待人工喂养的食肉动物朋友，孩子们看着憨态可掬的黑熊用嘴巴接食物和争抢得血淋淋的狼群时格外高兴，我的心里却挺不是滋味的，而且我也不想让我的孩子经常看到这一幕。

听说，那些去澳大利亚实地考察回来后的中国农业专家认为，你们也能适应我国的自然环境，这真是个好消息。如果你们这群"在不合适人类居住条件的阿尔蒂普拉诺高原（Altiplano）幸存了下来的物种"朋友能在我生活的土地上做客，安家，共同生活，那真是神的恩赐，我会像歌唱圣灵般庇护你们，并警告我的同类，对待你们，到毛可织衣为止，千万别有"皮可制革，肉味鲜美"的念头。

过几天周末了，我们再去看你，祝你快乐。

你的朋友：张羊羊，张简之

骆　驼

我单膝跪地，依偎着那匹同样跪地而卧的骆驼，这张合影一度令我的孩子羡慕不已。我俩的眼神有某类共同的东西，这是我后来看出来的。它没有名字，也不知道我的名字，一个长睫毛的大孩子驮着另一个长睫毛的大孩子在大漠撒了一会野，它比我预想的灵活、温顺。

没见过骆驼前，曾有阵子，我极喜欢抽一种"骆驼"牌软盒香烟。乳黄色的盒子，上面有匹单峰骆驼，脚下是浩瀚无边的沙漠，背景图案中还有金字塔和棕榈树。海边的棕榈树被移到了沙漠，挺有意思的。就如我不久前写的一首诗，"我爱这世间一切美好/比如骆驼爱上大海/鲸鱼爱上沙漠/我爱上雨过天晴/爱上所有的虚惊一场"，我很少用到骆驼和鲸鱼这两种意象，并且同时出现在一首诗里，它们有血有肉，已经几千万年未能谋面，却因为汉语相遇，多么美好。

在我有限的阅读中，提到骆驼又提到鲸鱼的古代诗人不多，韩昌黎是一个，还写在不同的诗里。《石鼓歌》中有"毡包席裹可立致，十鼓只载数骆驼"，《赠刘师服》中有"巨缗东钓倘可期，与子共饱鲸鱼脍"。有趣的是，骆驼属偶蹄目哺乳动物，五千万年前，陆生偶蹄目动物入水后演化为鲸类，后肢退化，前肢进化为鳍。还有一说，鲸的祖先与骆驼是近亲。

远房表哥骆驼遇见了远房表妹鲸鱼，它们会怎么相互招呼呢？这个问题似乎适合十岁以下的孩子去回答了。

海豚和骆驼，都有种嘴角微扬的神情，海豚显得莞尔可爱，骆驼则有了长者的菩萨心肠。只是烟盒上的那匹骆驼让我觉得怪怪的，骆驼是可以骑的，它那个样子，好像没有可以坐上去的"凹"的部位。

事实上，骆驼有单峰与双峰。

我终于骑上骆驼时，已是不惑之年。在鸣沙山上，第一次见沙漠景象如见大海时一般震撼。骆驼长着妈妈般的脸，却有着爸爸那挺实的背。《梦驼铃》那遥不可及的歌声，一下子贴在耳边，我从未想过驼铃这类童话中的玩具，就像挂在我脖子上那般。那刻，鲍照在吟："始随张校尉，占募到河源。后逐李轻车，追虏出塞垣。"我似乎在追随张骞将军的背影，开始那段著名的旅程。

骆驼背着丝绸、瓷器、铁器、漆器、茶叶出门，背回葡萄、胡

32

萝卜、石榴、菠菜、黄瓜……背回很多很多好吃的。

黄沙漫漫，如果只是择数日而行，大可感慨风光无限。可我这样一个在江南水乡被葱郁包围的人究竟能行走多远呢？如果没有一头骆驼相依为命，我大概是个很快就会心生绝望的人。见过影片的一些场景，沙尘汹涌而来之际，骆驼会静静地跪下来，一个人就有了一个安全的怀抱。真的，没到过骆驼生活的地方，不会晓得骆驼给人带来的那份踏实。

若我也是当年的骆驼客，两侧褡包里定会装满酒，我一手牵缰绳，一手倒着葫芦，那身影，简直是在给落日壮胆。

敦煌回来后，我很少想起莫高窟壁画上的仙女，也很少想起月牙泉在鸣沙山天造地设的极致，却时常惦念那匹骆驼来。要是有一天再去那里，我恐怕是无法从千百匹中认出它来，它会不会认出我呢？我俩相互注视，都觉得对方的眼睛像两个清澈的湖泊。

水　獭

　　以前，南方乡下淹死了孩子总归罪于水鬼。炎热夏日的午后，大人们一旦忙农活，总以"有水鬼"为由，吓唬孩子不要去附近的池塘。我依然记得外公拿着长长的竹竿，沿着河塘赶我上岸的情景。"水鬼"再可怕，还是没有清凉河水的诱惑大，所以孩子还是会不断淹死。淹死的，就是碰上了水鬼，像我这样的，就是没有碰上水鬼的，但更多的是因为那几个夏天有外公看护，我是他唯一的外孙。

　　我是没有看见过水鬼。有天午后，大人们说二河湾的那棵树上，有个不干净的东西，扑通一声跳下水，露出水面的部分像牛头一样，那就是水鬼。这不是传言，大人们也恐慌地从庄稼地跑了回来。二河湾是我们这个村离梅村小学最近的路，自此以后，村里的孩子开始绕道而行，生怕被那个像牛一样的东西拖下水，淹死。二河湾在最阳光灿烂的日子，也有阴森森的感觉。

多年以后我才知道，传说中的水鬼学名叫水獭，就是小时候喊的"水獭野猫"，我感觉，大人们也把水鬼和普通的乡野动物"水獭野猫"看成截然不同的世间之物了。《礼记·月令》中有段关于物候的说明文字"东风解冻，蛰虫始振，鱼上水，獭祭鱼，鸿雁来"，读来如诗，眼前是多么美丽的一幅冬去春来、万物复苏的画面，画面里就有那只纠结过我们童年的水獭。乡村的孤陋有时候想想是那么可爱，就像传说中那么可怕的水鬼居然是水獭这样可爱的动物一样，只是个比我更喜欢吃鱼的家伙。但不能否认，正是乡村那些可爱的传说，阻止了贪玩孩子的无数个冒险。

我时常想，人类是万物进化中最幸运的。因为事实也许会像辛波斯卡在《在众生中》所述"我原本可能拥有不同的祖先，从另一个巢穴振翅而出，或者从另一棵树脱壳爬行。大自然的更衣室里有许多服装：蜘蛛，海鸥，田鼠之装。每一件都完全合身，竭尽其责，直到被穿破"，而事实也是我们没有成为她所说的"某个背运者，因身上的毛皮或节庆的菜肴而被饲养"。那些曾经同样想下河又害怕水鬼的小女孩们长大了，有些富贵了，传说中水鬼的毛皮如今居然成为她们的钟情之物。我的妻子也有这样的想法时，我给她看了一张图片和一段文字——

图片是摄影师史蒂文·卡兹洛斯基在美国阿拉斯加州南部海岸地区捕捉到的温馨场面：一只水獭妈妈用仰泳的姿势带宝宝们到河

对岸去。多么调皮的宝宝，你们可都是游泳高手啊，为什么让妈妈这么辛苦？水獭妈妈只能把宝宝们放在了肚皮上，你看，宝宝们身上没沾到一点水，还睡得那么香。

文字是她的丈夫写的《蓝印花布》：当蓝底白字作为一种"道"将东方古老文明的气息传递到我眼前和鼻尖时，我差点热泪盈眶，我看见了时间的水和质朴的心灵！……然而，如此宁静致远的美，再次从祖先以兽皮遮体向种植棉花、纺纱织布的文明追求中剥离出来，重新回到迷恋皮草的虚荣人性倒退中。蓝印花布的眼睛，那闪烁和平精神的光芒让我向往回归"驿寄梅花，鱼传尺素"里情感丰沛的中国之美。

妻子后来没有买水獭做的皮草，买了件兔毛的。我懂她。

关于水獭，我觉得还有必要讲述一个从纪录片《人物》里看到的感人故事：一个叫戴安·麦克特的七十四岁高龄的南美老太太，是第五代圭亚那移民，二十多年来一直经营着家族的卡拉纳布农场。她收养了三十六只脱离了獭群庇护的巨獭孤儿，想通过训练它们的生存能力后，再放归自然，她的卡拉纳布农场成了巨獭孤儿院。她最牵挂的一只巨獭叫里瓦，一年前溜进鲁普努尼河里就再没有回来，她担心只教会了里瓦捕鱼和像鱼一样游泳，而没有教会它如何躲避鳄鱼，能不能生存下去。她和助手阿什利·霍兰一直寻找它，最后找到它时，它已经成熟，成为巨獭群的雄性首领，并且有了新家。这个纪录片的中国版本的最后解说是，里瓦没有忘记慈爱的养母戴安·麦克特，同样，这个自然主义保护者也成功地帮助了濒危物种回到了自然的怀抱。

然而金钱利益的驱动是会有谎言的，上述只是纪录片的赞美部分。我后来愤怒地知道了悲剧式的结果：这个故事吸引了大量媒体，他们为完成纪录片的后续，收回投资的收视率，铺下天罗地网捕回这只巨獭，它一出笼就拿爪子对着戴安·麦克特狠狠挠了下去，并再次溜走。老太太一受惊吓，一口气没上来就此安息。那些媒体重新抓回"忘恩负义"的巨獭。在戴安下葬农场时，巨獭被秘密实施了表面上看不出异状的死刑，然后被悄悄扔到戴安的墓前，一群令人唾弃的人营造了一个养子殉情养母的凄美画面。

野性与人性的这场战争，孰输孰赢？

野　兔

　　它还剩的一只眼睛一定是盯着我的，那条直线里有隐语"救救我吧，好心人"。我皱着眉头还是转身而去了。清晨菜市的一幕让我揪心了一个上午。两只野兔，一只已经僵硬，另一只偶尔蹬几下腿，它一只眼睛滴血一只眼睛从人群里发现了我。铁笼子上方，是一张面目可憎的人脸。我回想那一刻毫不虚伪的心思，把活着的那只买下来，给它疗伤，等它痊愈后放归乡野。阿勃拉莫夫认为农村应该永存，"因为人性的贮存器之一，就是土地，动物和人同它们的交往"。

　　我的犹豫与继而转身离去同样证明了在理智面前人的虚伪：一切都是徒劳。你豢养它的时光，它还叫野兔吗？也许一段时间下来，它对人的恋恋不舍让它变成一个孩子的玩具了。或者，你给它养好伤后，给它何处找归属？田间都难找了何来乡野？这赤裸裸的无处藏身的土地上，它将意味着再次受伤。悲惨的命运一次就够

野 兔

了。想起初冬的时候，我在五台山的菩萨顶看到那些一步一叩首、额头都生茧的朝圣者，一路的肃然起敬伴随的是一路的愤怒，一张张农民的脸向我们兜售着一个看似与五台山相关的主题：花钱放生他们捕来的山麻雀。我看见那些毛发凌乱的山麻雀也曾犹豫着买下一笼，结果转身而去与看到野兔的情景是一样的。

我曾经想写一篇有关野兔的小说来表达一种美丽的愿望，大意是一个饥饿的猎人捕获了一只野兔，他拎起兔子的耳朵时才发觉这只兔子的双眼都瞎了。他抖索着手把箭从这具尚有体温的尸体的一只眼睛中拔出来时，血也像箭般喷射了出来。猎人悲痛欲绝，他觉得这对于他是一种耻辱。他用这支箭插进了他瞄准时睁着的那只眼。后来我发觉了自己的可笑，世间是没有这样的猎人的。没有这样善良的人会选择如此的忏悔方式，就像菜市的两只野兔，它们非法入侵的"主人"想到的只是几张钱币，实在换取不到纸币回家还能吃两顿，但我相信在带"野"的食物面前，他很快就能换回超过期待值的纸币。

野兔的命运更应该属于食物链的自然平衡，比如塞瑞索的小溪边，"兔子是愚蠢的一族，它们只会与同类厮打，它们的脚爪只会用来行走而不会当成武器使用，为肉食者提供食物似乎是兔子生存的唯一理由……在泉边，短尾猫会从黑色岩石上面扑击下来，而赤狐也会在天黑后回家的路上捎带着抓上几只。白天，鹰隼在兔子们头上盘旋；而郊狼一年到头都是全天候的猎兔手"，尽管在玛丽·奥斯汀笔下那片少雨的土地上，兔子的生活环境可谓四面楚歌。

而在皖南丫山宽阔的怀抱里，响彻着喧闹而奔腾的生命，即便是那些石头，我也能从它们惟妙惟肖的表情和眼神里读出一种暖意的爱。当我带着身处每一个陌生地所持有的好奇慢慢走进一个地质博物馆，我突然觉得以"标本铺"来为其命名似乎更为贴切。除了品种繁多、五彩斑斓的蝴蝶外，我分别看见了野兔、刺猬、野雉、黄鼠狼的标本，如果不是由于时间的腐蚀那些毛色变得黯淡无光的话，我会错以为它们正做着香甜的梦。剥皮、填充、整形、固定，适度粗细的铁丝充当骨架撑起这一副副皮囊，原本与骨肉相连的皮毛此刻多像越冬的棉袄。这清新的山涧突然充斥起酒精、过氧化氢和福尔马林的气味。

这一年，在我苏南的故土平原上其实发生了四次令我愉悦的事情：五月十六日晚上，一只刺猬出现在车灯视线里，慌张地穿过分割河滩与树林的乡间公路；八月九日上午，一只野兔在我窗外一片由于房地产开发界众所周知的原因搁置了一年的荒地上啃食青草时，被我推窗的声音惊扰，它忽地一蹿隐入并不繁茂的草丛；九月十八日下午，一只野雉也是因为这声音而起伏了几下，消失在与其肤色相近的草丛里；至于十一月二十日傍晚，一只不慌不忙地在池塘边闲逛的黄鼠狼，我佩服它身处城市的勇气……它们的名字在一九八八年的《武进县志》里赫然在列，二十年后让我惊喜地发觉它们并没有在故土消亡，这样的出现很奇怪地使我长久的孤独感消退了许多，我甚至有种恩谢的冲动。这间隔的二十年，我是否可以借用尼·斯特内斯库的所述"一只停止的表，一只坏了的表，一只指针死亡的表——每天有两次显示出正确的时间"来理解？在自私、霸道、几乎死亡的人性曲线上，被视为微不足道的生命正显示着它们不可磨灭的力量，它们就在"两次显示出正确的时间"。

因为与标本相遇，冬天似乎更加僵硬而悲凉。眨眼间的午餐桌上，野兔又躺进了热气腾腾的火锅，仿佛把衣服留在博物馆，此时正享受这人间的温泉。此刻，在瑞典的斯德哥尔摩，随着欧盟新法案的推动，正开始使用焚烧野兔尸体的方式为市民取暖，原因是野兔数量的剧增不仅抢食了当地其他野生动物赖以生存的自然资源，破坏了当地生态平衡。一开始我很不解，那座城市哪来这么多野兔？原来瑞典人养兔子作宠物，又不负责任地将其丢弃，瑞典人又很少捕杀动物，繁殖快的兔子很快泛滥成灾，结果成了一种燃料新能源。在我生活的这个国度，野兔几乎是没有用来作燃料的可能的，在油腻得足以滴成油库的嘴的海洋里，他们愿意从一座座大山里把它们搜寻出来。当然，死总归是野兔殊途同归的命运。

与作为复数的庞大物种人类相比，我察觉到了它们的单薄，这样的单数比人更弥足珍贵了。因为珍贵，我忘不了菜市里那两只野兔，它们是夫妻还是兄妹，我无法构建它们的族谱，但我宁愿相信，活着的那只曾用一只眼睛给我留下遗言，它同样相信我能听懂并转达给我的同类：我们活着也不容易。

草　狗

它识得时间的形状：当钟表上的时针与分针成一百五十度角时，教授的身影就会出现在它眼前。它总会提前几分钟，乖静地坐在广场的花坛上等候他……车站的管理员老了，车站旁卖热狗的人也老了，日落日出的弧线从教授的墓碑上划过了十个年头，它还在等候着一张熟悉的脸，它如何晓得那个人早已离开了这个世界呢？

那只名字叫"小八"的秋田犬，让我想起和我相处过美好时光的"小嘿"，它们的模样那么相似，它们把逝去的岁月欢跃得那么诗意。这个世间上有一种动物，一旦说起它我就按捺不住自己的情绪，比如《忠犬八公》里的秋田犬，比如《零度寒冷》《最后的猎人》里拉着雪橇狂奔的爱斯基摩犬，比如我的老伙计中华田园犬：一条叫"小嘿"的草狗。

我曾经写过《关于一条狗》（刊于《散文》二〇〇五年第一期）、《关于另外一条狗》（刊于《天津文学》二〇〇九年第三期）。

草 狗

我担心还会有第三条狗、第四条狗……的故事碰触我的神经，使得我不停地写下去。于是，到这篇文章为止，我决定不再写狗了。而且，当我看到那些穿着各种颜色和款式的毛衣、剪了奇怪发型人模人样地在城市过冬的狗，我顿生厌恶之感。我找不到一丁点记忆中的狗所拥有的性格和温情，它们各有国籍、各有血统，却被取上了同一个名字：宠物。它们与这个国度里"狗吠深巷中，鸡鸣桑树颠"各司其职的古老秩序没什么关系。

有天我看到妻子接完电话就哭了，问其原因，她啜泣着告诉我"妞妞"不见了。岳母说这两天有个人老在门前门后转悠着，也不知道什么时候得手的。我脑子里冒出之前和一个朋友聊天时的情景，他给另一个朋友打电话，乐呵呵地让对方想办法去乡下弄条狗，他说想念狗肉的味道了，但饭店里卖的不知道来处不敢吃，万一是毒死的狗那可有点得不偿失。看他挂电话时满意的神情我可以想象电话另一头那种拍着胸脯"小事一桩"的心领神会，只是不知道哪户农家的狗要倒霉了。不仅是狗丢了命的事，养狗的人家还要伤心难过老长一阵子。在乡下，人和狗的感情是很深的，狗不像其他家畜，就是家庭的一员，一户人家一般会把狗养到终老。在我家乡，如果碰到用猎枪或药物偷狗的二流子，全村的人都会拿着农具、砖头什么的去追赶打狗的混蛋，我记得有人回忆此类事时曾写过"村委会本来用于公布账目的黑板上多数写着'打狗者拿着打死'这样充满了战斗的话",可见人与狗的感情了。

岳母家养的"妞妞"是条温顺的黄金猎犬,已经有了身孕。那狗壮实,我第一次去岳母家它就摇头晃脑地迎上来,突然直起两脚搭上我的肩膀,我虽然吓了一大跳,却被这狗的友善和热情感染了。"妞妞"不见了,妻子这一哭哭得我也很难过。可一会儿妻子又破涕笑了起来,小孩子性格弄得我莫名其妙。她说,"妞妞"是黄金猎犬,偷狗的人肯定是去卖给想养狗的人的,他不会舍得杀,那么小狗狗也就没事了。妻子非常善良,她如此自我安慰,我连忙说对啊,怎么一开始没想到呢。过了两天,我担心岳母老两口伤心,两个女儿都出嫁了,养条狗也热闹些,就问有养狗场的朋友给我弄条狗过来,要黄金猎犬。本想给岳母一个惊喜的,她却说算了,不想养了,免得再难过一次。我想想也是,冬天对狗来说是个不祥的季节,这个不祥的季节每年都会来的,我已经碰到过好几个这样的冬日,一场雪下到心里就积在了那儿。

我还听到过一个悲情的故事:有一年某某回苏北老家,带了不少苏南土特产回去,回来时老家人送他一个礼物——一只怀孕的母狗。邻居开玩笑,这狗还不宰了下酒?某某说,那起码等狗生下狗崽再说。母狗生了四只小狗。三四天后,那只母狗就不见在某某家门口晃悠了,邻居问,你不会真把狗宰了吧?某某笑笑,指指肚子,早就在这里了。邻居听了打了个激灵,从此对某某避而远之。

至于故事里我感兴趣的部分并没有听到，那四只小狗有没有养大？养大了的命运何去何从？时空切换到十九世纪的西方，母亲乘迈纳尔（加拿大博物学家、鸟类学家、自然保护工作者，《我与飞鸟》一书的作者）和哥哥特德不在家的时候，请人把两只衰老的狗永远麻醉过去。那两只狗并排躺在一只木箱子里，葬在老宅一棵树的树荫下。麻醉、木箱、墓地以及迈纳尔和特德兄弟俩的热泪盈眶，已不亚于二十一世纪一次文明的葬礼。即便是四千年前的红山文化据考古发现，遗址中分明可见先人已为狗留有一个进出的门、墓葬里尚有狗的骨骸，四千年后的东方文明还能出现以上的寒心一幕。

据说狗和狼有一共性，双耳向后贴、尾巴摇摆的时候，对人是没有攻击性的。当狗表达这样一番情感的时候，作为拥有养狗十多年经历的我来说，总想起一种远古的朴素味道：夕阳西下，一个农人扛着锄头走在归家的方向，一条老黄狗尾随其后，它在那条乡间小路上，左闻闻右嗅嗅，偶尔停下来翘起一只后腿，进行必要的生理排泄。农人好像察觉到了一丝动静，止步、回首，叫唤一声，黄狗立即跟了上来，不紧不慢地在他身后摇晃着。其间，默契的节奏，兼含着两个物种间的依附与信任。这种微妙关系的保持，一晃已是数千年的时光……而今，人们逐渐爱上了那些名字洋气的宠物狗，它们出门很少自己走路了，要么被捧在怀里，要么如富家少爷般坐着豪华"轿子"，主人对它们比对主人的父母还好。我所见的还在边走边觅食的狗，大多一副流浪汉的样子，其实这些草狗才是我们的亲人，它们也有着那么好听的名字：中华田园犬。

　　"小八"还在等它的教授吧，它把自己等成了一座关于忠诚的永恒的雕塑。它等候的姿势让我浮现起那些年的景状，一个孩子坐在门槛上，等待他的"小嘿"从暮色里归来，他也等过了许多个漫长的冬日。

黄鼠狼

在翻译过来的西方人的书页上，黄鼠狼的名字基本上统一为"黄鼬"。我们吴语地区这边喊"黄狼子"，各地喊法不同，我见贾平凹先生写吃烟的人，如同"与黄鼠狼子同舞，黄鼠狼子在洞里，烟一熏就出来了"。

印象中，黄鼠狼好像觉得自己生来就对不起这个世界，好像找不到一丁点理直气壮地在这个世界行走的理由。小时候割草，时常见到这头圆颈韧、体长肢短的机灵家伙拖家带口慌慌张张地逃离，霎时隐入另一片草丛。我也不知道伙伴们哪来那么大的怨恨，拎块砖头就跟着猛追，一股不置它于死地不罢休的愤懑。至于为何如此痛恨黄鼠狼，可能多半因为生鸡蛋给自己吃的老母鸡被它吃掉了吧。我注意过王安忆在《隐居的时代》里写过的一个细节，说是一媳妇割猪草时划破了小腿，七日后死了，庄里人传说那媳妇出事之前，夜里上茅房见家门口坐着个黄狼子。明明因起破伤风，乡下人

黄鼠狼

缺乏医学常识和医治条件，只能把这罪推到黄鼠狼身上视它为不祥物。

庄稼人世代口传，给许多共居一方水土的生灵定下了莫须有的罪名，每每提到黄鼠狼就一副深恶痛绝、咬牙切齿的样子。我住乡下的时候，常有夜深人静时鸡窝里一阵尖叫、拍翅紧促的声响，那情形莫过于遭遇了极度的恐慌。大人们会连忙起身拿把手电筒去看个究竟。如果是虚惊一场，大人会说可能是家蛇游过吓着了它们，如果看见有鸡被咬死了或少鸡了，无疑一句"黄狼子干的"。坦白说我自小至今没觉得黄鼠狼可爱过（它有放恶臭之屁的怪癖），但也不多么讨厌它们，我就想一个问题，这鸡和鸭都关在院子里，鸭从来安然无事，黄鼠狼不至于这么挑食吧？我的怀疑对象还有野猫和偷鸡摸狗的人。比如也没听见动静，第二天照样发现少了两只鸡，这事也就人干得出来。那时乡下后院的门没大门结实，取木材也不怎么讲究，装一个小插销或用把锄头柄顶一下，还真能关得住馋嘴的二流子？

"我们终于要写到在所有消灭田鼠的能手当中那最大的能手了。在一个黄鼬的冬天洞穴里我发现了田鼠达二十七只之多"，杰克·迈纳尔在《我与飞鸟》一书中专门有一个章节写黄鼠狼，开头便不乏赞誉的口吻，还挺看得起它们的。而这些被他称作为"小流氓"的家伙后来被发现是疯狂偷吃他辛苦孵化的幼雏的不知廉耻之徒时，他开始监视，愤怒，制造陷阱，千方百计琢磨最佳捕杀它们的方法。看来一旦侵害到个人利益的话，那就太伤感情了，哪怕不顾一切置之于死地。

有个数据说二十世纪六十年代的国际贸易中，十二张黄鼠狼皮可以换取一吨汽油、二十五张就可以换到一吨钢材。四五十年前的换算等式暂不去考证，要真如此的话无非说明两个问题，黄鼠狼的皮有点值钱、汽油和钢材相对廉价了点。这个数据倒也唤回我八十年代的一些记忆：大人们制作的夹弓我不晓得什么样子了，但黄鼠狼的颈部被夹住时拼命挣扎的一幕还是那么鲜活，这夹弓并没有布置在鸡窝附近而是黄鼠狼经常出没的地方。我家后门口以前还有一块薄石磨，大人们常用一根木棍支起它并形成一个尽可能大的空间，其间有个技巧，木棍虽撑起了石磨但经不起太大力道的拖动，而这木棍与石磨之间就悬挂着诱饵，于是被石磨压住的主要有以下动物：狗、野猫和黄鼠狼。那时的乡村屋檐下也就有了这样的"饰物"：用两根交叉的竹篾支住黄鼠狼皮的主要部位，张开，在烈日下曝晒。收毛皮的人隔段时间就穿村走巷来取走。在我想不通这黄鼠狼的皮毛有谁青睐的今日，我问及奶奶，她只说是外国人要的，她当然不懂得"国际贸易"这样复杂的词汇。

五十多年过去了，我信了那个换算等式，工业革命这趟嚣张的列车砸疼了我脚下的土地，它用短短的一个世纪就把大地砸出血来，不可再生能源的紧缺使人类变得焦虑是必然的，因为我们早已离不开另一种生活。五十多年后的今天这个换算等式还能成立吗？也许吧，如果我给你一吨汽油，你还能驾车在用完这一吨汽油前找到十二只黄鼠狼吗？虽然我身后是越来越小、越来越寂寞的田野了，但我有必要在此为这以老鼠为主食的动物辟谣：生物学家对全国十一个省市的五千只黄鼠狼进行解剖，从胃里剩的残骸鉴定，其中只有两只黄鼠狼吃了鸡。

可是，我又该如何评述杰克·迈纳尔——这位加拿大博物学家、鸟类学家、自然保护工作者因为幼雉而对黄鼠狼进行长期观察的结果呢？我只能如此解释：地点毕竟是加拿大，他偏爱的终归还是鸟。

穿山甲

　　没去过马来西亚。以为对吃最有想象力的是中国人，没想到小瞧了马来西亚人。"马来西亚高端餐厅的菜单上越来越常出现各种濒危物种了。老虎眼睛、鳄鱼阳具、穿山甲肉……随便走进一家马来西亚饭店，你就有可能会在菜单上看到所有这些东西。"菜单上省略号包含的内容我完全猜不出来。但读到这么几句，我想想写写穿山甲了。

　　我有一小片穿山甲的鳞甲，忘记是谁随手给我的了。

　　少了这块，那只穿山甲只能穿件破衣裳过冬了。这当然是我一厢情愿想想的事。它肯定已离开了这个世间很多年。至于它是一个爸爸还是一个妈妈，我无法知晓，也许还只是个孩子。如果是个妈妈，那一天她奶好宝宝，很快乐地出门找白蚁吃，却不幸遇到了一只长得像我的动物的手，就再也没有回得了家。她的爱人和孩子难过地等了她很久。

我出生的平原没有山，应该没有穿山甲，所以我也没见过。小时候看《葫芦兄弟》，里面有只穿山甲伤心地哭了，它不小心钻破了山，让妖精给跑了出来。因为它，才有了下面的故事，几乎与捷克斯洛伐克动画片《鼹鼠的故事》一起温暖了一代人的心灵。想起件事来，好些年前在宜兴近距离碰到过它，就一筷子那么远，有人说是穿山甲，我看不出来，也不敢吃，我怕它从胃里钻出来。

　　不久前在一家书店，我和师妹庞羽挑了两本同样的书，爱德华·威尔逊的《缤纷的生命》和庄森·P.庄森的《听说你也是博物学家》，看来，我们内心都有万物的居所。近日翻书有些感慨，它们在老外眼里都有美好的样子，也有好好过日子的习性，到我们这往往给它们安排进了某某食单或某某药典，它们在古诗词里过得多好啊。

　　西晋时左思写过一首烂诗，读得我都不相信是他写的："产后乳少听我言，山甲留行不用煎。研细为末甜酒服，畅通乳道如井泉。"据说是妻子产后乳汁不下，突然听到外面有山歌声："穿山甲，王不留，妇人服后乳长流……"于是找到了催乳良方。这事说起来跟写小说似的。左思名声再大，写首诗还不至于要了太多穿山甲的命，到了医学界大人物李时珍那，《本草纲目》一记录，穿山甲家族的命运就彻底改变了。

　　耐心敲打这些新闻上的数据时，这一年又快过去，我很是震撼，从需求来看怕是跟中医学脱不了干系：

一、时间：二〇一七年六月；地点：马来西亚吉隆坡；查获数量：二百八十八公斤穿山甲片；毁灭数量：六百至八百只；运往地：马来西亚。事件：二〇一七年六月九日，在马来西亚吉隆坡机场的自由贸易区，一批从非洲加纳进口的"牡蛎壳"被吉隆坡海关扣押，后来证实，这批在航空货运单上标注为牡蛎壳的二百八十八公斤货物，实为穿山甲片。而吉隆坡海关也证实，这是其今年查获的第三批穿山甲片，在一个月前，同样缴获了从非洲加纳和刚果发出的一百七十二公斤走私穿山甲片。

二、时间：二〇一七年六月；地点：马来西亚吉隆坡；查获数量：四百公斤穿山甲片；毁灭数量：八百至一千只；运往地：中国香港。事件：仅仅过了一周，马来西亚吉隆坡海关再次查获了一批申报为"牡蛎壳"的穿山甲片，和此前如出一辙的是，这批货物同样来自非洲的加纳，不同之处只是这次的数量更大，为四百公斤，装了满满十六个编织袋。据被捕的四名犯罪嫌疑人交代，他们所填写的收货地址都是虚假的，而这批甲片真正的目的地是中国香港。

三、时间：二〇一七年五月；地点：马来西亚吉隆坡；查获数量：七百一十二公斤穿山甲片；毁灭数量：一千四百至一千六百只；运往地：马来西亚。事件：今年五月至六月间，马来西亚吉隆坡海关一共查处了四批非法走私穿山甲片的案件。其中，数量最大的当属五月九日这起，总计七百一十二公斤的案件。不过，短短的两个月，接连发生的案件，让马来西亚海关倍加紧张。这也足以说明，目前马来西亚已经成为全球最主要的穿山甲走私过境地，而这些甲片的下一站，最主要的销往地为中国和越南，两个对穿山甲片需求量大的国家。

四、时间：二〇一七年七月；地点：科特迪瓦；查获数量：三千公斤穿山甲片；毁灭数量：六千至七千只；运往地：中国。事件：七月二十九日，坐标西非国家科特迪瓦，八名犯罪嫌疑人在将三吨穿山甲片准备交给来自中国的贩运者时被捕。这是至今为止，在西非查获的最大一起贩卖穿山甲片的走私案件。据科特迪瓦警方透露，所抓获的八名犯罪嫌疑人均来自该国一个跨国贩毒集团，他们长期从事非法活动，除此次查获的数吨穿山甲片外，他们还曾猎杀大象，并走私象牙。数量同样令人发指。事实上，很多恐怖组织也正在从非法野生动物贸易中来获取资金，实施恐怖行动。

五、时间：二〇一七年五月；地点：中国香港；查获数量：七千二百公斤；毁灭数量：一万四千至一万五千只；运往地：香港。事件：五月三十一日中国香港海关查获了一批从非洲尼日利亚发出的，伪装成木炭的七千二百公斤穿山甲片。虽然香港海关并未对外宣布，这是香港有史以来查获的最大一起穿山甲片走私案件。但事实是，就在一年前，香港海关查获了近五年来香港最大的一起穿山甲片走私案件，那起案件中，共有四千公斤的穿山甲片被缴获，约有八千到一万只穿山甲被猎杀。

六、时间：二〇一七年八月；地点：马来西亚；查获数量：八千公斤；毁灭数量：一万六千至一万七千只；运往地：中国。事件：八月十一日，从马来西亚再次传来噩耗，该国沙巴海关查获了一批即将走私至中国的穿山甲片。这是自穿山甲升为 CITES（濒危野生动植物种国际贸易公约）附录 I 物种后，全球查获的最大一批穿山甲片走私案，总重足足有八吨，大约来自一万六千只以上的穿山甲惨遭杀害。而犯罪嫌疑人是一名四十三岁马来西亚当地人，他将二百二十六袋穿山甲片装运在两个集装箱内，每袋约三十至五十公斤。

以上查获的几起案件，仅仅半年时间，就有总计一万九千七百七十二公斤、大约超过四万只穿山甲因人们对甲片的需求而丧命。而过去十年，大约有一百万只穿山甲死于盗猎。所查获的这些，或许真的只是冰山一角，沧海一粟。

这一年很快就过去了，这一年之前和这一年之后，有的事就这么发生着，有些数字我没有想象力去用加法算出来。瞅瞅面前那一小块失去光泽的鳞甲，看看自己日渐黯淡的指甲，竟不知该说些什么。我只能想想，两只穿山甲相遇了，他们爱清洁，造好冬暖夏凉的房子，有"粮仓"，有"育婴室"，一年生一个孩子，和我们过着多么相似的生活啊。

在复制母爱的"丛林"里，我还是想抄录以下这个故事，只为多一个人读到：穿山甲被捕获以后，出于恐惧或自卫的本能，总是把躯体紧紧蜷缩着，蜷成一圈。一般购买程序是这样的，买主选定以后，卖方黑人便用力把穿山甲拉直，开膛破肚，取出内脏丢弃，将身躯清理干净，再用铁夹夹着放到火盆里烤灼，直到其身体上的鳞甲全部脱落。那天货源颇丰，围栏里放满了许多蜷成圈的大小不一的穿山甲。那些官员便拣大的挑了几只，并声称要亲眼看着宰杀才放心。一个黑人小伙提起最肥的一只，动作娴熟地准备把它拉直，费了半天力，却怎么也无法把那蜷缩的躯体拉开。这下所有人好奇了。那小伙十分尴尬，便一下又一下把那穿山甲往地面上摔去，边摔边解释说，穿山甲遇痛就会将躯体伸张开。不曾想连摔几下，眼见它原本惊恐的小眼睛早已闭合，尖尖的嘴角挂出一缕鲜红的血丝，身体却始终未见张开，反而越蜷越紧。我们不忍心看下去，便摇手示意作罢。那黑人小伙显得不甘心，直接拿铁钳夹了放到火盆上灼烧。待到鳞甲脱尽，焦味弥漫，那穿山甲仍然保持原状。这下黑人小伙没辙了，对我们无奈地摇摇头，说这只穿山甲一定有了什么毛病，不可食用，随即顺手将其甩落在身后的沙土上。接下来另选的两只宰杀工作都十分顺利，不到五分钟便完成了。我们正在给黑人小伙付钱，却十分意外地发现，原先那只被丢弃在地上的穿山甲竟慢慢地伸直了躯体，把眼睛眯开一条线，接着一阵抽搐，僵硬挺直，彻底没了气息。随着它躯体的伸展，我们震惊地看到——在它摊平的肚皮上，竟蠕动着一只粉嫩透明的小穿山甲，只有老鼠大小，身上的脐带仍与母体相连，小嘴慢慢张合，仿佛在无声地呼唤着母亲。

我落泪了。我看见一只挂在树上的狐狸剥皮后仍挣扎着回头看自己的"衣裳"时也落泪了。看着它们的泪眼，我无比羞愧。

乌　龟

记忆一，故事：一只骄傲的兔子跑着跑着就想睡一会。它不是困了，它觉得乌龟落在后面太远，完全不是一个层次的对手。于是，它跑一会，睡一会，最后醒来，给我们的教导来了：乌龟赢了。我可以想象，兔子的脸蛋涨得比眼睛还红。

记忆二，游戏：随机抽掉一张"乌龟牌"，按顺序抽对方的一张扑克牌，抽到一对可以打出去，最后看谁剩下单张的扑克牌，就成了"乌龟"，这种牌叫"抽乌龟"。

儿时，河沟边、水稻田甲鱼常见，乌龟好像见得不多。甲鱼叫"王八"，乡下人喜欢把它俩连在一起骂人："乌龟王八蛋。"我也听人骂别人"你个王八蛋"，或"他就是个乌龟头"，第二人称与第三人称是不一样的。"你"是当面骂解气的，基本上做了不厚道的事；"他"很多时候是在背后说道的，一般因为女人做了丢人现眼的事。

甲鱼是很好吃的东西，红焖、油爆、清炖，只是没见人吃乌龟。到现在为止，我还不清楚乌龟可不可以吃。

那时大人喊乌龟是"臭乌龟"，说老是在沟边的树上"扑通扑通"落到水中，说得乌龟很顽皮似的。沟边的树下还有茅坑，有的乌龟不巧掉在茅坑里，溅人一屁股污水，听得我直恶心。乌龟会不会爬树，我也不清楚。

我从一个熟识的土菜馆"讨"回来以下一些动物：两只斑鸠，一只乌龟，一只刺猬。养了几天终究因其受过伤，我无力医治它们，担心在眼底下死去会难过，就又送回了土菜馆。送回去的那一瞬，土菜馆的老板笑着将斑鸠连毛拔了，刺猬则用沸水一烫……两道卖好价钱的菜。我转身就走。

乌龟没有还回去。乌龟好养。有人和我开玩笑，养得不用心，你送它；养得用心，它送你。我从各类资料慢慢地学会辨识，哪只是雌，哪只是雄。这两只中华草龟，背上有十三片龟甲，我很认真地养它们。平时买点小河虾或鸡肉脯，没空买呢可以喂一种龟粮，一粒一粒油菜籽般大小，原料有鱼粉、豆粕、花生粕、菜粕、面粉、乌贼粉，当然也少不了抗氧化剂、免疫多糖、复合维生素和矿物质等添加剂，说适合巴西龟、中华草龟、金钱龟、猪鼻龟、鳄龟、地图龟、麝香龟、鹰嘴龟等水龟和半水龟食用。

猪鼻龟、鹰嘴龟和地图龟我听都没听说过。

乌龟冬眠，大半个冬天喂什么都不吃，春天也来了好长一段时间，两只乌龟各吃了一只小虾，看起来还没什么胃口。我还养过甲鱼，可能出壳时间太短，没多久就死了。乌龟和甲鱼完全不同的是，我养的很小很小的甲鱼（孵化没几天），你一旦拎起它的身体，它会使劲扭头试图咬你，可以看出它那种咬牙切齿的痛恨，乌龟则轻轻将头缩进龟壳，放下它，过了会再伸出来。所以我想起也碰见一个女的骂一个男的："你就是个缩头缩脑的乌龟。"其实那个男的是西北人，不适应南方的阴湿天气。他本人恰恰比较温顺。

乌龟脾气好，所以会活得年月长吧。我的两只中华草龟，一只龟背烟盒大，说也五六岁了，一只略大的，竟然十几岁了。古人取名就用龟字，比如李龟年，陆龟蒙。

听说有一种大头龟是会爬树的，它爬树是去偷鸟蛋吃，在中国主要分布的地方有我的家乡江苏。我去翻大头龟的图片，呀，就是龟粮可以喂的鹰嘴龟。还有两个重要的内容，一是龟肉味甚鲜美，是我国南方著名的食用龟；二是，已列入"中国濒危动物红皮书"。

青　蛙

　　"我的母亲还是照看土地的人/我的弟弟仍然是捕捉青蛙的人/不断地数数，总是漏掉一个/收获季节，平原的月亮静穆而晕黄"，这是一九九二年小海的村庄。一对与土地相依为命的母子，一个照看粮食，一个捕捉青蛙。十六年过去了，小海孩子的奶奶还是不是照看土地的人？他的叔叔还仍然在北凌河边（位于江苏省南通市海安市）捕捉青蛙吗？

　　我们几乎都开过青蛙的玩笑，抓住一只青蛙，用一截青麦秆，一头塞进它的屁眼，一头用嘴巴往里面吹气。吹得鼓鼓的，放河面上，看它浮在那四脚蹬啊蹬的又动弹不了。我们觉得有趣，那时尚不知道，这样一个玩笑却是致命的。

　　青蛙在我家乡主要有三种：蹲在浮萍和菱叶上的叫"青蛙郎"（另一种叫法"蛇盘田鸡"的由来令人毫无头绪），这种我们几乎不理睬它，个头细小，青皮油亮得有些腻心，我见着了偶尔会甩块瓦片打几个水漂吓唬吓唬它。肤色与泥土相似的叫"麻土田鸡"，个头属于中号。小时候我和伙伴们喜欢蹑手蹑脚地接近它的身后，眼疾手快，抓住一只往地上一摔，这家伙就吐着舌头鼓着眼睛四脚蹿啊蹿的，我们随即撕下它一条大腿，用棉线系住，另一头系在细树枝梢上，在稻田埂边晃啊晃地抖动，一会就有上当的麻土田鸡"噌"地跳起来咬住伙伴的大腿，十有八九还死死地咬住不放，我们会把钓竿小心地移到一只塑料袋口（用铁丝绕成圆撑住塑料袋沿，绕成圆的铁丝多余的两头绞成手柄），一抖就掉在这样的网兜里，放学回家后的傍晚一会就可以钓个二三十只回去喂鸭子。而个头属于大号、背有花纹斑点的我们就叫"田鸡"，黄昏直至深夜，一手持电筒、一手拎蛇皮袋的"捉田鸡佬"凭经验可以如捡拾东西般捉上一袋子对付害虫时身手敏捷的田鸡，待清晨赶往集市卖个好价钱（这些捕捉田鸡的手同样在种植庄稼）。

一把钝剪刀"咔嚓"一下就是一颗田鸡的头颅，剥皮、撕内脏、剪四只蹼，熟练得就像在拾掇一季农活，熬夜的疲惫的脸笑嘻嘻地接过油腻的纸币，再找出零碎的浸泡腥味的纸币。随着令人欣喜的"高效"农药的发明，捕捉田鸡更显得问心无愧，之前那般宰杀田鸡的过程越来越熟练。化学元素的发现及其组合后的惊人力量让人的忘恩负义变本加厉，并逐渐形成如农谚般珍贵的捕捉经验——一年可进行三次：一为春季"开江"，开春后的田鸡经漫长

青　蛙

冬眠，腹内净空，肉特鲜嫩；二为秋天"割地"，割地时则养分丰盈、肉质肥美；三为冬令"避素"，冬眠的田鸡，肉素血清，别饶风味。食客们遂配以青椒、放少许淀粉，就有了一盘颜色爽翠、口感嫩滑细腻的"美人腿"。

我唯一一次捉田鸡的经历是一九八八年的某个夏夜，跟着一个邻村的大孩子后面，他手持一只上海牌的三节头电筒，把田野间的"鼓手"们掏了出来。两三个小时，他捉了一大袋子田鸡，左右手不停地换着拎那只沉甸甸的蛇皮袋，后来干脆抓住袋口搭在肩背上。他捉田鸡不是去卖的，只想证明他也是个捉田鸡的好手，顺便满足一下我们几个贪嘴的家伙以确定他的领袖地位。谁知一进家门就被他的母亲臭骂了一顿：哪有那么多的闲油烧给你们吃啊！我们又灰溜溜地跟着他到附近的小河边"放生"，经过折腾、挤压、颠簸，大多数的田鸡漂浮在水面上不怎么动弹了，有一部分明显已窒息而死。至今我还在想一个问题，那时候田野间的田鸡多得俯首可拾，很容易就可以凑合个一海碗，为什么大人很少捉来解我们的嘴馋呢？"哪有那么多的闲油烧给你们吃啊"这句话在二〇〇八年的今天由于我开始关心油盐酱醋明显感觉物价上涨时才明白：一九九八年，通货膨胀，菜油价猛涨。

不由得想起一则练习算术的童谣："一只青蛙一张嘴，两只眼睛四条腿；两只青蛙两张嘴，四只眼睛八条腿……"事实上在美国，靠近湖泊和河流的湿地中已出现了一些严重畸形的青蛙。青蛙本不好看，青蛙这东西生出来也不是为了好看的，可是它们有的只有三条腿，有的前两条腿缺失，有的后腿长了三条或四条，长成这般模样我想我们人类也太愧疚于它了。这些天下粮仓的护院在盛夏大雨过后，"呱呱—呱呱"叫得如此之欢，多像一支气势磅礴的农业丰收的赞歌。我在想，没有庄稼的地方就不能称之谓田野了，失去了田野的青蛙哪还能叫田鸡？它们流离失所怯生生地叫着……如果人类历史是一条长河的话，辛稼轩刚在上游享受"听取蛙声一片"，经过中游对夏天的挥霍，下游的后来者可能仅剩下一句"这辛稼轩写词真有想象力"的感叹。

蛇

　　河水到了汛期，秧田到了灌溉的日子，加上雨季来临，苏南平原水汪汪的，让北方人看上一眼都觉得可以解渴了。在满满的秧田中，镶嵌着大大小小的沟塘，水面已经和秧田几乎连成了一片。鱼儿们纷纷跃入水渠、田沟，养鱼人拦也拦不住，顶多沿着自家的沟塘围上一道简易的网。这样的日子，跑出来的各种鱼儿成了大伙共有的好食物，会捉鱼的和手拙的，他们之间收获的差距可大了。我只能趁着暮色，等伙伴们满载而归后，在田野间捡漏，以免被他们耻笑（其实，相对被称为野孩子的那群从小的生活就远远比我丰富，到现在他们还在乡村延续着富有的野趣的生活）。记得有一年吧，天暗下来了，我在水田里捉到了两三条小鲫鱼。原本打算回去了，又看见秧苗一动一动的，以为还可以多捉一条，我弯腰，双手一合上去，一拎，手感完全不对……随手甩了出去，撒腿往家的方向奔跑。以后，我再也没有去捉鱼了。

那条没看清的蛇，留给了我永久的阴影，像那年雨季的傍晚一般灰暗。其实，我并不是很怕蛇，除了大人们从小告诫的剧毒的土鬼蛇（蝮蛇），还有一种就是毒性不大但通体颜色醒目、斑纹耀眼的火赤链。我有时也像其他孩子一样，勇敢地抓起一条水蛇的尾巴，抖上几抖，以免被它缠住，然后甩几下就往远处扔了出去。家乡流传一句谚语"蛇吃黄鳝——并死"，这个并有共同的意思，也有动作"拼"的意思。我跟小伙伴们放过黄鳝，用一根木棒，系上一根苘秧线，线的另一头系上针（缝衣服的大号针），针上穿好肥硕的蚯蚓。傍晚时分，木棒插在田埂和沟塘边上，饵抛远点。半夜或清早去收线，如果一拉沉沉的吃了力，那就有收获了。有时收起来后直接扔掉，就是那种恶心的火赤链，不是蛇吃了蚯蚓，而是黄鳝上钩后，蛇去吃黄鳝，从尾巴向头部吞，整条黄鳝吞下后，体形又相仿，黄鳝在蛇的身体里挣扎，使劲蠕动，蛇也就直挺挺地被"并"死了。

我们这的蛇种类不多。有毒的除土鬼蛇外，还有一种竹叶青。但这种蛇在我父亲辈已经罕见，我从未见过，所以只在传说中想象它的模样。此外，只有乌风梢、黄风梢和菜花蛇。其实，乌风梢和黄风梢也只是同一种蛇，叫乌梢蛇，因为背部有一条黄色的纵纹，体背由绿褐、棕褐到棕黑的变化，所有还有地方叫它青风梢。我觉得它们名字的来由，大概是爬行速度极快，在麦田间甚至发出"嗖嗖"之声。乌梢蛇经常树息，它的食谱中有蛙类、鼠类，还有鸟类。我曾有次在谷树下钓鱼，听见鸟的一阵慌叫，"扑通"一声掉了下来一条硕大的乌风梢，把我着实吓了一跳。

至于菜花蛇，我的记忆颇为深刻。某年某月某日午后，我和同村伙伴赵东去学校路上，一条菜花蛇在菜花地爬行，我俩追过去，它听到动静，开始狂蹿起来往旁边的水沟钻。菜花蛇体形大，有两米多长，捉那条蛇花了我俩很大力气，简直可以用个动词"拔"了。捉住后，一个高年级的调皮鬼硬是把那蛇抢了过去，据说卖了三块钱。三块钱，在我们十来岁的时候，可是个大数字了，所以我们非常恨他。等我们长大了，那个人因为经常偷别人家的鱼坐牢了，想想也是，连蛇也要从小孩手里抢去卖掉，免不了会再做些其他坏事吧。

我舅妈那里仿佛生产蛇的故事，都是很久很久以前了：三舅妈睡觉时，掀开被子，一条蛇蜷缩在被窝里，她受了惊吓，精神上恍惚了很久才好了起来；二舅妈说，她看见老屋里的墙壁上伸出半条蛇，还有半条在屋子外，她觉得有灾祸，就去给祖宗上香烧纸了；最离奇的是大舅妈，因为家境殷实，老跟人家说，她掀开米缸能看见有一条苍龙在缸里不停地吐米，永远也吃不完。我以前信，现在不信了，既然吃不完，大舅妈你为什么还种田呢？而且种得比别人家还多。表哥一染上赌习，多少条苍龙都来不及给你吐米了。后来听说，苍龙也是一种家蛇，究竟叫什么蛇我也不知道，有人说是乌梢蛇。

近日对散曲有点兴趣，翻得无名氏一首《虚名》："蜂针儿尖尖的做不得绣，萤火儿亮亮的点不得油，蛛丝儿密密的上不得篦……"感觉那比喻确实巧妙，有没有关于蛇的呢？翻来找去，也没见把蛇写多美的，仅什么"蛇缠葫芦"之类的。在我有限的阅读里，就一个叫乔梦符的元人写的《卖花声·悟世》还有点意思，"肝肠百炼炉间铁，富贵三更枕上蝶，功名两字酒中蛇。尖风薄雪，残杯冷炙，掩清灯竹篱茅舍"，用了个杯弓蛇影的典故，初看还以为用蛇泡了杯药酒——若真是蛇泡的药酒，我也还是不敢喝的。秋分一到，老伙伴们常打电话来说，蛇肥了，回来尝尝。我说，好好好，其实，蛇肉我也不想吃了。我想的是看看他们的身手还有没有当年敏捷，跟着他们过过以前满是野趣的生活。

以前，看到蛇就会梦见它，多半受了惊，就像小时候走过田埂冷不防地踩到一条水蛇。写这些文字时，我还时不时地看看书桌下有没有蛇游出来，晚上会不会又要做梦呢？明天印证吧。

蝙　蝠

从小，奶奶跟我讲，它叫"偷油老鼠"。它有点儿老鼠的样，但偷没偷过油我还真没留意过。好像即使是家鼠，我也没见它去偷油吃。我们那所有色彩斑斓的蝴蝶都喊它们"蝴蝶"，一种素白的说不上有任何美的菜粉蝶，倒是喊它们"蝙蝠子"。

蝙蝠很丑，所以我极其厌恶，对它更是避而远之。直到有个晚上我打开房间的门，一只误闯入的蝙蝠在里面飞来蹿去，让我着实受了点惊吓。真不知道它是怎么进来的。后来，等它撞累了，我用一张报纸按住它，捏起来，推窗，甩了出去，它一下子又飞了起来。捏它的时候，肉乎乎的，身体也很温暖，如果是一只小兔子，我可能要捧在手里，做哄宝宝状，但它不是。

无论在书本还是影片，蝙蝠所呈现的画面都是穴居在一个阴森森的山洞，用翅膀裹住身体、倒悬在岩壁上，从容不迫，那姿势竟有几分夜行侠的气度。东方的"韦蝠王"和西方的"蝙蝠侠"都算是侠客，我对侠客是仰慕的，对蝙蝠却丝毫没有好感。

后读曹植《蝙蝠赋》，以"吁何奸气！生兹蝙蝠"起句，怨恨一下就喷涌而来了，当时他身受曹丕父子和小人迫害。他说蝙蝠的形态不伦不类，有前后肢却不好好用来走路，飞吧又没有鸟类的翅膀。长得像老鼠，足上却长了毛，像鸟那样飞却长了牙齿。不在陆地行走，也不在树上栖息，与走兽、飞禽都不靠边。有意思的事，藏文化中苯教的《蝙蝠经》里，贡孜王也像曹植这样挖苦过蝙蝠的形态，可那只蝙蝠内心很强大，对贡孜王说，不能杀我，如果祭拜我，会有各种福报，"如果延误祭拜，天地将会反转，黑发人类会生病，牛畜会死亡，雨水不会降落，植物不会发芽，六种谷物不长。羊群不会繁衍，强壮的孩子不会出生。河流将无法流动，马、牛、羊也不会增加……"，这诅咒歹毒了点。

曹植可能气过头了，他说蝙蝠"巢不哺鷇，空不乳子"，这是不对的。蝙蝠是哺乳动物，每胎会有一至四个宝宝，母蝙蝠更不让刚出生的幼崽片刻离开，即便飞翔也是如此。它的胸前有乳头，蝙蝠宝宝和婴儿一样，生命之初就开始吮吸，用尽了吃奶的力气。

哺乳动物中唯一会飞的就是蝙蝠，诸如鼯鼠、鼯猴之类，看起来像是在飞，实则只是具备了滑翔的能力。当然，蝙蝠只是因前肢特化为翼才会飞的，它没有羽毛，也飞不过鸟类。一个会生孩子的妈妈，还能飞，说起来也真是很美的事。

后来，人类病了，大夫很难诊好的病。他们说罪魁祸首是蝙蝠，蝙蝠看起来就长了一副坏心肠。它还有个同谋，叫果子狸。果子狸是谁呢？灵猫科的哺乳类动物，也会生宝宝的，也会很疼爱宝宝的一种妈妈。它的头部有七朵白斑，也叫"白鼻心"，因为喜欢吃果类，所以叫"果子狸"。这妈妈不就是一个喜欢吃水果的孩子吗？

我见过两次果子狸，但没看见那七朵白斑。那是在一个小酒馆，我这人好像有点"魔法"，独自喝着喝着，邻桌会过来搭讪，并邀我坐过去一起喝。那两次都是同样的人，一盘面目模糊的、经老抽装饰后和红烧肉差不多的下酒菜。他们热情地让我尝尝，说是好不容易搞来的，叫果子狸。我委婉地推托，不敢吃，筷子伸向一碟花生米。

但我实在没想过会有人吃蝙蝠。吃那么难看的东西的一定是很丑的人，可画面上偏偏是个还算漂亮的姑娘。她的纤纤小手握在手里，那该多酥软啊。她的纤纤小手却在掰蝙蝠吃，撕下一块肉往嘴巴里一塞，鼓捣几下，然后夸赞味道是如何的好。她越吃样子越丑，她举了蝙蝠摆造型时和蝙蝠长着同样的脸。这是一个女主持人，在南太平洋岛国帕劳录制旅游节目，吃果蝠是当地人的日常食物。她说蝙蝠汤有营养，大补，蝙蝠皮有黑色胶原蛋白，像木耳一样。

另一个小伙子呢？他在洁白的瓷盘里摆好一只刚刚煮熟的蝙蝠（令我想起镶嵌在建筑、陶瓷、刺绣上的中国吉祥物），说吃蝙蝠先得把它的头切下来，让它看着你。然后剥开蝙蝠的皮，像睡前大人给孩子脱衣服那样利索。他闻着香味，分离翅膀，将人生第一口蝙蝠肉吃下去，咂嘴不已。一桌人"人来疯"似的都在附和，蛮好吃的，蛮好吃的。他挥舞刀叉十分娴熟，一口广东话那么难听。蝙蝠和果子狸是不该去吃的，说这话不是大人劝小孩不能去吃掉在地上的脏糖果。

《动物的生命》里，库切借小说主人公同样是小说家的伊丽莎白·科斯特洛问："要是我们能够思考自己的死亡，那到底是为什么——我们就不能真切地思考蝙蝠的生活？"它们总是离人类远远的，择一个山洞就是热爱的桃花源。它们选择夜晚，把世界关在了白天。

蜥 蜴

日本人哲之很清楚，它既不是壁虎，也不是蝾螈，确定无疑是条蜥蜴。这小小爬虫身上的花纹，和他小时候在石墙缝里、草丛中或是田埂上所见的一模一样。日本人哲之一眼就能认出蜥蜴的样子，不像中国的《尔雅·释鱼》说得那么含糊："蝾螈，蜥蜴。蜥蜴，蝘蜓。蝘蜓，守宫也。"

哲之还梦见自己变成过蜥蜴，在草丛中、石垣间乱爬，他记得灼热的太阳烤着脊背的滋味，记得全身被草丛的露珠打湿，四肢牢牢地趴在地上，望着晶莹的露珠出神的情景；他还梦见被莫名奇妙的生物吃掉过，被人类的孩子们用棒子打死过……有美梦，有噩梦，他还记得被一只伯劳用喙衔着叼到高空时的恐惧……《西洲曲》有"日暮伯劳飞，风吹乌桕树"的一幕，乌桕树我熟悉，却怎么也想不起树上栖息过的那只敢吃蜥蜴的伯劳鸟的样子了。

那次，若不是酒壮了胆，我是决然不敢抓那只蜥蜴的。同样，

蜥 蜴

若不是酒壮了胆，邻座那位也决然不敢在我的怂恿下，解开纽扣让我从领口处把那只蜥蜴放进去，并装出若无其事的样子任其在衣服里胡乱爬上一通，再故作从容地摸了出来，放回身后的松枝。

蜥蜴迅速消失了，一如我突然发现并捉住它那般快。

之前，在一些纪录片和战争片的片幕，蜥蜴总是在马达加斯加或撒哈拉沙漠以南的非洲作为土著渲染式地出场，它们翻动着眼睑，爬行起来每一步都很阴谋。对，它们有的色彩斑斓，也是契诃夫写过的"变色龙"——穿着新的军大衣的奥楚蔑洛夫警官，坏坏的。也许变色龙真的怕狗，尤其是将军家的狗。

普里什文的老树墩旁有十只蝥斯，十只蟋蟀，六只苍蝇，两只步行虫，两只蜥蜴……蜥蜴大概是去觅食的。而这里哪来的蜥蜴呢？我和几个文友坐在江南一座小山临湖的一面，天空很蓝很透，一点不像身后有蜥蜴出没的地方。我们喝着酒，没有作诗，很巧合地邂逅了这只比壁虎略大的蜥蜴，并借了酒劲"羞辱"了它一番。幸好，已到了点年龄，捉弄了会也绅士般放过了多少送了我们点小惊吓的不速之客，换早些年，估计被随手摔碎了骨头。

我们都是干了不少这种事的过来人。

我见过"蜥"字的隶书、小篆、金文甚至甲骨文，那么蜥蜴定然早已与古老的东方有关系，于是引起了我寻踪的兴趣。其实《尔雅·释鱼》意思是蝾螈又称为蜥蜴，蜥蜴又称为蝘蜓，蝘蜓又称为守宫。这说法其实不对，但也不能怪古人，当时尚没有门、亚门、纲、亚纲、目、亚目、科、亚科、属细分的动物学。《尔雅》将蝾螈收录于"释鱼"类，有其道理，蝾螈属两栖纲，也叫四脚鱼，体形和蜥蜴长得很像，但没有鳞片。头扁，背黑色，腹部红黄色，有黑斑，四肢短，尾侧扁，生活在水中。而蜥蜴属爬行纲，俗称四脚蛇。身体像蛇，但有四肢，尾巴细长，生活在草丛中。至于蝘蜓，即守宫，俗称壁虎，爬行动物，身体扁平，四肢短，趾上有吸盘，常在壁上活动。那只蜥蜴在昼间活动，于是被我遇上了；壁虎则在薄暮至破晓间活动，不由想起了夜半写东西时时常被桌前紧贴窗上的壁虎肚皮吓一跳的往事。

《说文》也有"在草曰蜥蜴，在壁曰蝘蜓"，编《尔雅》这部东方小百科的人已属不易，心已经很细了。

之前所提到的变色龙也只是属于蜥蜴目，细分的话在避役科，所以学名也叫避役。唐人段成式的《酉阳杂俎》载"南中有虫名避役，一曰十二辰虫。状似蛇医，脚长，色青赤，肉鬣。暑月时见於篱壁间，俗云见者多称意事。其首倏忽更变，为十二辰状"，避役的颜色可能随时辰变化，段成式有时是个很会编故事的人，他还说在哥哥家见过。中国并没有变色龙，变色龙主要分布在非洲地区，更别说脑袋会变成十二种生肖的样子了。

《全唐诗》有首佚名的《蜥蜴求雨歌》："蜥蜴蜥蜴，兴云吐雾。

雨若滂沱，放汝归去。"宋人陈允平《四明洞天》也有："蜥蜴现时曾咒雨，猕猴啼处客悲秋。"到赵令畤《墨客挥犀》载："熙宁中，京师久旱，按古法，令坊巷各以大瓮贮水，插柳枝，泛蝎蜴。使青衣小儿环绕呼曰：'蜥蜴蜥蜴，兴云吐雾。降雨滂沱，放汝归去。'时蜥蜴不能尽得，往往以蝎虎代之。蝎虎入水即死，小儿更其语曰：'冤苦冤苦，我是蝎虎。似恁昏沉，怎得甘雨！'"于是，壁虎成了倒霉蛋。

每一种动物都有温情的故事，宫本辉的《春梦》有这样一段：

母亲小声地嘀咕着。也许当时我只顾着钉木架，没有注意到竟把一只蜥蜴连同木板一起钉在了墙上。那颗铁钉横穿木板、蜥蜴的身体，直钉进墙壁里。看来是我的疏忽。为什么我钉钉子的时候，没有注意到这只蜥蜴呢？这三年里，它是怎样活下来的呢？想到这里，我不由得打了个冷战。"我想起来了。"母亲在一旁说，"好几次我看见有蜥蜴从架子后面爬出来。"母亲颇为感慨地说，一定是这只蜥蜴的"妻子"或者"丈夫"，三年来一直在为它运送食物。

最后，"我"使出浑身的力气把钉子拔了出来。换成我是没有胆量的，我怕蜥蜴的背上和腹部露出一个深深的洞，那洞深得我一生都爬不出来。

82

禾花雀

听到一个很动人的名字"禾花雀",心都一下子柔软了。说是一种候鸟,繁殖于内蒙古和东北一带,每年由北往南迁徙越冬,飞经中国东南部时正是十月水稻扬花季节,所以叫"禾花雀"。作为吃米饭长大的人,对谷子的感情深得很,于是听到"禾花雀""稻花鱼"这样的名字尤为亲切。在水乡出生,稻花鱼我是吃过的,但看到"吃过真正禾花雀的人一口就能吃出来,禾花雀的骨头是脆的,正是野味的口感,这个鸟,人工培育不起来"这样的说法,多少有点惊讶。名字这么好听的鸟一定很好看吧,这么好看的鸟怎么能吃呢?至于说出"给我一个物种,我能吃到它濒危"这种话的人,我就有点想抽他嘴巴了。

去找学名"黄胸鹀"的禾花雀的图片看,眼熟得很,和麻雀长得很像,与麻雀不同的是腹部呈鲜黄色,我小时候是见过的,喊它"黄麻雀"。记忆不会骗人,我的诗集《马兰谣》里躺了一页《随手写下》"在树叶上，风多好看/一只黄雀/说着蓝蓝的话/我赶羊群/走过暖暖的天空"。随手写下的不会是去乱编的，可能写的时候想起了坐在草地上看见了鸟、看见了云的一幕，看见的都是温暖的事物。那年爱人怀孕，我一直想有个女儿，所以诗里还有这样的句子"五月的大地/给我写温柔的信/青草是小楷/野花是标点/一个小小的公主/在长大"。

为了佐证我的记忆没有出错，我又拿了禾花雀的图片去给妈妈看。"我们乡下有这种鸟吗？""有啊，这不是黄团团吗？""一年四季都有？""那倒也不是，春天和秋天的时候。"你看，妈妈把它喊作"黄团团"就知道它有多可爱了，我们喊可爱的婴儿就喊"肉团团"。妈妈所说的季节恰好是禾花雀南北迁徙时经过家乡的时节。

一定没有错了。这几年每年十月吃螃蟹时，在溧阳一带的土菜馆，好客的主人总会上一道菜，每人一只，说是黄雀，不用吐骨头。或油炸，或用百叶卷好系了鸭肠蒸，我是没胆子吃，总觉得那小小的身体上，还有眼睛瞪着。我原本是喜欢吃百叶的，可那百叶看起来就像裹尸布。同桌的一筷子夹过来塞进嘴里，嚼几下咽了下去，真的，只要一口，一口就能咽下一只鸟。同桌的还会有一个客套一下，表示感谢我也好不浪费也好，那天总会有一个人咽下两只鸟。屋外是起伏的矮矮的丘陵，一些努力活着的黄雀还在飞过，不晓得鸟群正被许多这样的屋子越剪越小。

禾花雀

迁徙期间，禾花雀以稻谷、高粱、麦粒等农作物为食，也吃昆虫和昆虫幼虫。"螳螂捕蝉，黄雀在后"之意语出《庄子》，到《说苑·正谏》"园中有树，其上有蝉，蝉高居悲鸣，饮露，不知螳螂在其后也；螳螂委身曲附，欲取蝉，而不知黄雀在其傍也；黄雀延颈，欲啄螳螂，而不知弹丸在其下也"时，多了一个重要角色——人。

说说写黄雀的人吧。魏晋的曹植有少年侠气，他写《野田黄雀行》"罗家得雀喜，少年见雀悲。拔剑捎罗网，黄雀得飞飞"，之后，获救的黄雀飞上天空又飞下来向少年表示谢意；唐代的李白以黄雀自喻，他写《野田黄雀行》"游莫逐炎洲翠，栖莫近吴宫燕"，因为"吴宫火起焚巢窠，炎洲逐翠遭网罗"，还不如在蓬蒿丛中扑扇两只翅膀，天上纵有鹰鹯，又能奈你几何？曹植和李白的诗里政治味浓，王维的《黄雀痴》就如生活随笔，"黄雀痴，黄雀痴，谓言青鷇是我儿。一一口衔食，养得成毛衣。到大啁啾解游飏，各自东西南北飞。薄暮空巢上，羁雌独自归"。黄雀也好，凤凰也好，可怜天下父母心。

多年以后，写黄雀的人少了，吃黄雀的人多了。只有人，才能在中国南部一个叫道滘镇的地方烧出"三禾宴"：禾虫、禾鱼、禾雀。这是一片神奇的土地，人们相信食补。以前，北美有一种旅鸽，种群数量可能在五十亿只左右，因为"拓荒者"爱上了这种肉质鲜嫩的小鸽子，数量急剧下降。一九〇〇年三月二十二日，一个男孩在俄亥俄州的派克县用自己的气枪猎杀了最后一只野生旅鸽，只留下威斯康星的怀路森州立公园的一座旅鸽纪念碑。

禾花雀呢？一只一只，一串一串，一盘一盘，会不会也有个具体的某年某月某日，某个人咽下了最后一只禾花雀，在他喉结的滚动处，竖起一座禾花雀纪念碑。

燕　子

　　眉清目秀的苏南平原几乎没有大起大落的地理构造，这柔情缱绻以轻盈的燕子甚为贴切：一对恩爱伉俪"颉之颃之"，穿过数千年的时光从《诗经》里翩然飞出，以"双双燕"这样令人艳羡的词牌，映入水墨江南"细雨鱼儿出，微风燕子斜"的素雅纱帘。

　　脑海里浮出一个清晰的画面：乡村小学，孩子们双手背立，随着幼儿园阿姨踩着老式脚踏风琴的节奏，摇晃着小脑袋一扬一顿地唱着"小燕子，穿花衣，年年春天来这里。我问燕子你为啥来？燕子说，这里的春天最美丽"，接着第二遍。那声音纯净、清爽，如果是三月，你偶尔瞅一眼窗外，两只乖巧伶俐的燕子正柔声细语呢喃不休，仿佛听懂了儿歌里的对话，沾沾自喜。

　　"燕子来时新社，梨花落后清明"，似乎应于某种召唤，万物此刻赶集似的奔赴一场生命的盛宴。燕子与人就有这样一个约定：秋去春回。人们开始念叨它们时，耳边分明响起那熟悉的声音，抬头

燕　子

一看，它们回来了并致以舒心的问候，人们才充分信赖进行农事活动的物候。乌黑滑亮的燕子多像天空的一双眼睛啊，它们毫不张扬地飞翔，线条简洁柔和，却不失妩媚，行云流水间尾巴剪裁着春风。

我并不确切知道燕子飞去哪过冬了，我只知道往南。南方是一个过于辽阔的概念，镶有温暖的色调。燕子之所以"游牧"并不纯粹是追逐阳光去的，它们喜欢在空中捕食飞虫，边飞边张着嘴优雅地把蚊、蝇之类的小型昆虫迎入嘴里。为此习惯它们不得不跋山涉水去南方越冬以适应食物的供给。不过燕子有着惊人的记忆力，无论飞多远，它们也能够靠着这份惊人的记忆力返回故乡。"有言燕今年巢在此，明年故复来者。其将逝，剪爪识之，其后果至焉"，晋人傅咸试过，果然。燕子喜欢在农家屋檐下筑窝，有的干脆垒在堂屋的大梁下。它们衔来泥和草茎，用唾液粘结，半碗形的窝上留有一口一口劳作的艰辛痕迹。窝内铺以细软杂草、羽毛、碎布等。燕子是有灵性的，它们最初敢于与人类共居一室实在是一个冒险的赌注，窝里的雏燕整天"唧唧"叫个不停，有时不时举起的好奇的竹竿，还有"喵喵"不止的贪婪的目光，而大人有效的谎言和呵斥回报了它们的信任。乡下人有时出两天远门，会把窗户和卧室通堂屋的门打开，以便它们喂食儿女。"钩帘归乳燕，穴纸出痴蝇。为鼠常留饭，怜蛾不点灯"，人们的怜悯之心对后三者来说近乎奢望，却唯独赋予了燕子。然后，两只燕子形影不离的温情，伴随繁殖结束，在第一次寒潮到来前带着孩子随群南迁，等到春暖花开的时节再由南方返回出生地生儿育女。

写到燕子，我特别想念一个朋友，一个在夜深人静听《白狐》的忧伤女子。她说她非常喜欢燕子，她和燕子的行程也惊人地相似，总在山东滕州和江苏南京之间来来回回：冬去北方春回南方。每到春天，我就常问她什么时候回来，她说快了。直至三月我终于听到了她的声音。我和她只是朋友，但不知何故对她藏有一份深深的挂念，每次听到她归来的消息内心会涌起一股暖流，因为漂泊中充满着未知的变数，我对她和燕子的平安都怀有虔诚的祈福之心，这里我很想说出她的名字：燕燕燕（姓读平声叠名读去声）。可是燕燕，你为什么不在南方安居下来生个小燕燕呢？

面对祖屋里残留的泥痕，我未来生活的场景势必陷入想象力匮乏的窘境。我的孩子可能还会学唱这首儿歌"小燕子，穿花衣，年年春天到这里。我问燕子你为啥来？燕子说，这里的春天最美丽"，这里的春天最美丽吗？孩子肯定没有我小时候唱得投入了，她理解不了这门功课里音乐老师对童年记忆的深情迷恋，我深为惋惜的是他们错过了另一个物种演习亲情教育的生动一幕——当燕子归巢、数张嫩黄的小嘴叽啾着张开时，一送一接的动作里包含着万物最神圣的关键词：哺育。

大 雁

这个季节，突然想起了大雁，于是夜半起来去翻孩子的书包。找来找去，一年级《语文》里没有了"秋天到了，一群大雁往南飞，一会儿排成人字，一会儿排成一字"，未免有些失落。我已经好久没有写日记的习惯，所以究竟是在多少个秋天之前就再不见大雁从头上飞过也说不起来。不曾想到，一篇充满了记忆的课文也随之消失了。《语文》的变化倒是很快，添加了一课《给刘洋阿姨的信》。编写组以一个名叫"豆豆"的孩子代表中国孩子问刘洋阿姨，您在天上能不能给家里打电话呢？这一问，我真是愣了。

"信"的落款：二〇一二年七月十五日。这信写得真快，刘洋回到地球半个多月就写好了。课堂上，我的孩子和他的同学都在扑闪着眼睛读"信"，他们看不见大雁飞了，他们看见人在飞，他们没有记住大雁的样子，记住了一个叫刘洋的人。其间的转换让我接着想起隔夜孩子问我的问题，爸爸，你知道你为什么不会飞吗？我说，我没有翅膀啊。原来，我还是一个对翅膀有所向往的大孩子。说起这些，我只是觉得《语文》可以加个"刘洋"，但没必要把"大雁"的位置挪掉。

看到一位老师为《大雁与鸭子》这堂课的导入写的教案，我未免有些皱眉头：

老师问，孩子们见过大雁和鸭子吗？谁能说说这两种动物的区别？

学生答，见过。大雁是野生的，飞得高，飞得远；鸭子是家养的，样子胖，飞不起来。

回答设计得很整齐，中国式的整整齐齐。其实作家严文井大概讲的是为什么大雁和鸭子会分别过上自由和被驯养的生活。并不是我吹毛求疵，大雁叫野鹅，相对应的也应该是家鹅，或者生动一点可以讲是小可爱骆宾王"鹅，鹅，鹅，曲项向天歌"的稚嫩童音；鸭子被驯养之前叫野鸭，也就是青年王勃"落霞与孤鹜齐飞，秋水共长天一色"的沧桑感叹。所以，把大雁和鸭子搭起来讲前生今世本身就有点小问题。当然，如果再往远古去推，大伙都是远亲。

那么，我觉得还有个问题，老师问有没有见过大雁和鸭子并且用肯定句来设计好孩子们的回答：见过。可我知道，坐在课堂里的孩子们见过鸭子，大雁却未必了。如果真见过，那也只可能是从书本上或动画片中。

"尺素在鱼肠，寸心凭雁足"，只要把鱼和雁安排在一起的词或句，基本上与代表美好情感的书信有关，读起来也很感人。可事实上大雁哪有空替人送书信啊，送书信的倒是《大雁与鸭子》里的另一个角色：鸽子。

大凡要拿些事物来说说时，并不是多好的事情。寓意家书的鸿雁，寓意故土的桑梓，我都不太忍心提起，这两样东西离我越来越远。当年"咿呀咿呀"过处，我尚未到多愁善感的年龄，循声望去，天空真是生动多彩，我幼小的心灵总是被美好填得满满的。我们割草时习惯了雁群飞过，只是抬头望上两眼，并不感到稀罕，若是小飞机在天空拖过一道细长的白线，倒是会久久望着，一直到那白痕慢慢消散。

"目送归鸿，手挥五弦"（嵇康）、"雁引愁心去，山衔好月来"（李白）、"云中谁寄锦书来，雁字回时，月满西楼"（李清照）……无论男的女的，老的少的，吟的唱的，因为多年来大雁在视线里的缺席，我忽然读得索然无味。只有酒的参与，每遇《鸿雁》，分外感慨。若是在酒桌上唱起"酒喝干，再斟满，今夜不醉不还"，那定是喝得再多几个人也会一股脑站起来灌下杯中之物的。若是一个人于家听听时，总忍不住约几个老友出门喝上一场。我还没遇到过另一首有如此奇妙力量的歌。

事隔多年，李清照一句"雁字回时"突然提醒了我，大雁老是南飞的形象，它们总要飞回来吧，不飞回来那就变成一去不返了。难道是我的记忆出了错？我似乎没见过大雁北归，还是它们飞回时变换了另一条路线？是李清照在盼赵明诚的信盼着盼着有了"雁归"的幻觉还是她真看见了雁归时那另一幕感人状景？有人说春天的时候看见大雁飞回来，有人说是初夏，反正大雁肯定会飞回老家，那时候西伯利亚的气候转暖了，它们将产卵孵蛋繁衍生息。西伯利亚太广阔了，《快乐的人们》里，就有西伯利亚某村庄的猎人在四五月份看见大雁往北飞，知道春天来了，他们又得为一年开始忙碌和储备。

谁能告诉我你那个地方大雁还在南飞吗？我得带着孩子去看看。和他说过的许多东西，在他眼里变成我在撒谎了。说到撒谎，恰好我去和一些孩子讲童年记忆与写作的关系，我提起大雁，问孩子们见过大雁往南飞吗？好些孩子都说见过，他们的回答出乎我的意料，他们回答问题的样子就像我提到的那位老师设计的教案一样。我知道他们在撒谎，而且这个谎撒得毫无必要，这又能证明什么呢？为什么现在的孩子越来越喜欢撒谎了？因为在场的家长和我同龄，他们回答时反而很诚实，摇着头说，好些年没看见雁南飞了。我看得出他们的一丝丝失落，在记忆面前，我们时常会失落的。

后来我们也慢慢知道了，雁阵的变化充满着生存智慧和家庭温情，头雁扇动翅膀时身后会形成一个低气压区可以减少空气阻力，其他组员飞行时相对轻松了些。有劲的大雁扑翅膀时，翅膀尖扇起一阵风从下面往上面送，会把小雁抬起来，小雁也就不会掉队。它们边飞边叫着，相互照顾，呼唤，鼓励。至于一个雁群一般是六只或六的倍数，小时候倒是没仔细数过，现在想证实一下也少有机会了。平时挺喜欢《本草纲目》的，但看到里面记载雁肉、雁肪、雁血、雁胆可以祛寒气、壮筋骨、益阳气等诸多功效时，觉得特讨厌。

我想，这天空会慢慢变回从前的，蓝蓝的，那些大雁的孩子们也没有忘记家族的记忆。它们一代代像祖先那样从天空飞过，给一代代地上的孩子们看一看，他们就用不着撒谎了。我也搬张小凳子坐在门前，等它们像以前那样从头上飞过，"咿呀咿呀"打着招呼，我握着小孙女的手指说，你看，大雁，快去告诉你爸爸，小时候爷爷没有骗他哦。

啄木鸟

没读过《貂之舞》之前，我原以为樵夫就是一个砍柴人，不晓得他们也有医生那样的事业：帮助正在死亡边缘挣扎的巨木早点解脱。山头·科罗纳就是这样一位尽心尽力的樵夫，他打算去砍掉峭壁上一棵巨大的山毛榉。因为他看到啄木鸟已经来造访，树皮被钻出好几个茶杯般大小的洞，而啄木鸟一旦在一棵树上凿洞，意味着这棵树的气数已尽，它的纤维病了，内部的木髓已经枯萎。就算春天来时还会再长出新叶，顶多再活个几年。

没有人知道啄木鸟为什么能嗅出某棵树死亡的气息。我却连啄木鸟都好像没见过，我有点失落。

爱德华多·加莱亚诺（一个希望为抢救记忆做贡献，抢救整个美洲被劫持的记忆，尤其是拉丁美洲——这块他深爱着而被人歧视的土地——被劫持的记忆的乌拉圭作家）在《镜子：照出你看不见的世界史》尾页写道：小时候，我坚定地相信，地球上消失的一切，最后都跑到月亮上去了。

近些年我更容易因遇见的几个句子而忧伤。我的视野越来越小，小得只够剩下注视一丁点消瘦的故土。我将大多数的写作命名为"那些说谎一样的往事"，许多东西写着写着就没了。

很小的时候，就听说了啄木鸟的名字。奶奶说，那是啄木鸟。她手指的方向，我真没看见什么啄木鸟。所以，我一直怀疑，奶奶很小的时候也听说了啄木鸟的名字，至今也没有真见过。

"南山有鸟，自名啄木。饥则啄树，暮则巢宿"，还有个老奶奶写过《啄木诗》，她叫左棻，左思的妹妹。我像怀疑我奶奶一样怀疑她，很小的时候就听说了啄木鸟的名字，至于看没看见还真不好说。

又只能翻开一九八八年版的《武进县志》，白纸黑字：民国时期，仍见水獭、狐出没，兔、刺猬、獾、黄鼠狼、野猫、喜鹊、黄莺、啄木鸟等甚多……解放后林木、芦苇减少，环境污染，野生动物又大减，灰喜鹊、啄木鸟、鹰濒临绝迹。

若名单上干脆没这热乎乎的三个字，倒也罢了。没有见过啄木鸟，我很忧伤。

令我费解的是，几乎所有的鸟都会啄食草木上易见的虫子，退一步，翻翻松软泥土中的红蚯蚓吃也省事，这鸟何苦花那么大的劲去啄开厚实的树皮与硬纤维找隐藏起来的虫子吃呢？难不成，这种虫子味道特别鲜美，或者说很久以前发生过一个约定，一棵树被虫噬得很是痛苦，它的呻吟被啄木鸟听见了，满怀同情它，这个鸟类家族从此干起了"医生"这个行当。它们慢慢长成布封所说"即使过夜和睡觉也经常保持着白天劳动时不得不采用的姿势"。让我猜的话，啄木鸟这么聪明也不会舍近求远，大概先把树枝间、叶子背面的虫子找了个遍，然而那点伙食还是不够喂饱肚子，巢中呢，还有几张张得大大的嘴等着，只能辛苦一点了。

那年，杰克·迈纳尔要盖一座房子，就地取材，锯断了一棵直径超过四英寸的橡树。树的树心显示，有一百五十多年前小啄木鸟曾把害虫钩出了的痕迹。他非常感恩，在出生前一百年，因为那些啄木鸟，"今天我家才得以有了按直径劈开一分为四的优良橡木作建材"。杰克·迈纳尔还说起一个朋友，觉得啄木鸟在偷他的玉米吃，朋友就和雇工去玉米田打红头啄木鸟。那些打死的鸟的嗉囊每只都跟尖岩上的瘤相似，他们决定要把它们的嗉囊割开看看每只内有多少玉米，但使他们大吃一惊的是里面全是害虫的幼虫和小虫子，一颗玉米粒也找不到。误会在不同的地方不同的时间一如既往地发生着，人类总是为"领地"看不见那些善意。杰克·迈纳尔还说起他另一个朋友安格斯·伍德布里奇先生的事，真是令人羡慕，他在伊利湖北岸占地不到二英亩的地方，栽下的灌木第五个年头就迎来了二十个不同种类的七十多个鸟巢做邻居。

在《镜子：照出你看不见的世界史》尾页，爱德华多·加莱亚诺还写道："二十世纪在和平和公正的呼声中诞生，在血泊中死去，留下一个比先前更不公正的世界。二十一世纪也在和平和公正的呼声中诞生，接着上个世纪的老路前行。"我明白他想说的东西太多，请允许我断章取义，或者说撷取其中的某个部分，就如杰克·迈纳尔用第二个朋友的故事想说清楚的一件事："假如你愿意向前几步去和这些美丽的小生物亲近，他们是愿意越过北美大陆来亲近你的。"那么，我的心灵同道，会有哪些亲爱的小精灵重新来看我们呢——但愿时光能擦去一九八八年版的《武进县志》里灰喜鹊、啄木鸟、鹰身后"濒临绝迹"的字眼。

布　谷

写布谷鸟，真不知如何下笔，恐怕要先绕几个弯了。乡党洪亮吉《更生斋集》载：毕总督沅在翰林日，以耕籍侍班，高宗顾问布谷戴胜是一鸟是二鸟。毕对以布谷即戴胜，因此被眷。毕沅是江苏太仓人，可谓学问大家，虽仕途沉浮不定，却也官至湖广总督，被眷任因起一句"布谷即戴胜"似乎有点夸张了。我不大能接受他的一点是，和珅四十大寿时，作为巴结者之一，不至于无奈到竟然赋诗十首相赠。尚能觉他可爱之处，因我另一不愿当官、又不善理财的乡党黄仲则曾受过他恩惠，在他任陕西巡抚时，读到黄仲则"一家俱在西风里，九月寒衣未剪裁"的诗句，马上派人送去银子五十两；仲则病逝后，毕沅又出资抚养其老母，还为他整理出版诗集。

再扯一个话题。据《左传》讲，少昊是西方的天帝，而他最早立国却是在东方，这是以鸟为图腾的王国，所有官员都是由鸟组成：凤凰是丞相的位置，鹁鸪管理国家教育，威武的大鹫掌握兵权，布谷鸟掌管土建营造，老鹰主掌司法大权……本来此文不想再提布谷鸟的糗事，但这鸟连营巢都不会甚至染有把生儿育女的事都赖给别人去做的不道德恶习，它怎么就能胜任"土建营造"这一重要职位？想来可笑，这杜撰神话者是不靠谱还是以此激励布谷鸟学习最起码的生活能力呢？

春暮，即谷雨始，就能听到三种鸟的声音在乡野间此起彼伏，甚是热闹：四声一度的"别姑姑姑"、三声一度的"布谷谷"以及两声一度的"播谷—播谷"（运用汉字拟声相对鸟的原声有些拙劣）。按鸟类学的分类它们分别是四声杜鹃、鹰鹃和大杜鹃，这三种鸟都有"布谷鸟"的别号，这三种声音夜啼达旦，嗓音充沛，毫无倦意。这声音单调反复，并不好听，却令人感到祥和。或许确切地说，我的身体内流淌的血液，更多地倾向于农民的质地。我这个几乎不谙农事的伪农民却时常多愁善感，每每听到布谷的叫声，苏轼有句诗会毫无来由地在我耳边萦绕，这诗似乎与布谷鸟叫扯不上什么关系，它们却因为与我的性格相遇并合拍成我的私人版本——这诗为"人似秋鸿来有信，事如春梦了无痕"。

后来发现杜鹃有二，一花一鸟，于花时也叫映山红，于鸟时则是布谷了。花鸟同名我实属第一次遇见，且杜鹃这一花一鸟经些诗词与传说的渲染，竟有点一胞龙凤之意。南唐有个叫成彦雄的写诗的，他写"杜鹃花与鸟，怨艳两何赊。疑是口中血，滴成枝上花"。

鉴湖女侠秋瑾也有"杜鹃花发杜鹃啼，似血如朱一抹齐"之句，说的人多了，似乎有了言之凿凿的感觉。仿佛真能看见杜鹃站在茂盛的花中间，反复地啼叫，以至血从嘴角溢出，慢慢染红了周围那片本无名的花，于是干脆赋予此花"杜鹃"一名，似乎因鸟，花才有了来处。

李时珍说杜鹃原本出自蜀中，今南方亦有之，他的"今"最起码要从明朝开始了。这个时间段想来无法考证，许是与候鸟的迁徙有关。但明时的"春暮即啼，夜啼达旦……至夏尤甚，昼夜不止，其声哀切。田家候之，以兴农事"至今也还是确切，看来江山易改、秉性难移是有道理的。另据我观察，谷雨的三候"第一候萍始生，第二候鸣鸠拂其羽，第三候为戴胜降于桑"有着惊人的精确。"谷雨"的词义在二十四节气中是唯一表明庄稼与气候之间密切关系的节气名词，而布谷鸟的到来之于谷雨期间的农事就像知更鸟之于美国的春天来临一样那般准时，它更像个监工，把"谷—雨—布"衔接成一个不可分割的整体。

在家乡，比较认同的布谷鸟是四声杜鹃，俗名叫"别姑姑"，这名字也来得特别简单，译音自它的叫声。我留意过奶奶和我说过的一个事，"别姑姑"的叫声还有两种，一是"别姑姑姑"，第一个音节短促，二、三个音节悠长，第四个音节短促，类似拖音，没有停顿；另一种声音是"别姑姑—姑"，和第一种声音不同的是，在第三音节后顿一下，第四个音节较低，有点有气无力的感觉。奶奶说，如果听到后面那般叫的话准会下雨。

每年听到这些声音，我就知道夏候鸟布谷回来了，只是很多年来，未见它的真面目。我时常循声觅其踪影，一旦接近那声音就会戛然而止。这一种拒绝让我感到失落。仅有的一次还是数日前去无锡的马山，我和朋友沿着太湖边闲逛，在一个拐角处的朴树上见到了它的身影：像鸽子但比鸽子大，身体黑灰色，阳光下翅膀上有像彩虹一样的蓝，尾羽上有白色斑点，虹膜较暗。我拉了拉朋友说，布谷。细微的声音刚落，那只鸟警觉地回了回头，立即迅疾隐入丛林。对照书本上的图片，它大概就是四声杜鹃，只是未听见它的叫声，无法确定，也许还是一只鹁鸪呢。

这么写布谷鸟，越写越迷糊，我真不知道布谷鸟是什么样的鸟了。已近傍晚，窗外又响起"别姑姑—姑"的反复叫声，看天色真有所转变。如果有雨，我定要把奶奶讲给我的经验讲给孩子听，我的儿时记忆实际是奶奶儿时记忆的延续——我坚信"孩子是杰出的保存者。习俗、传统一旦印入他们的记忆，就变得坚不可摧"（法国作家法布尔《昆虫记》），华夏农谚的珍贵记忆能续写一部分是一部分了。而事实上，布谷鸟的叫声很快证明了奶奶的话。

苇岸《大地上的事情》里曾有这样精妙的比喻："在鸟类中，如果夜莺能够代表爱情的西方，布谷即是劳作的东方的最好象征。"

在农业中国的东部，在谷雨与芒种之间，数千年来它以一己之声，为勤劳人民喊着劳动号子，一翅厚实金黄，一翅挺拔碧绿，书写着麦、稻这两类伟大生命供给的及时交替。

野　鸡

野鸡也叫山鸡，我出生的平原没有山丘，所以没听人喊过山鸡。

野鸡也还叫雉鸡，雉有时有点读写的难度，平原上更没有人这么喊过。李峤写《风》还有点意思，用了个谜语的形式，写《雉》不行，干瘪瘪的，做作了些。"雉雏麦苗秀，蚕眠桑叶稀"，王维写野鸡也没有出彩的句子，听见麦地里野鸡鸣叫归巢，桑叶已稀少，蚕儿开始吐丝结茧，他羡慕得吟起了《式微》。

平淡就好，不装。野鸡就过着平平淡淡的生活。

小时候，金黄的麦地、茂密的芦苇丛中时常会惊喜地见到它们的踪影。

一只很漂亮，一只不怎么好看，它们是成双成对的，那时候，总以为样儿出众的那只是母的。而少数的猎人总是晃悠在田野边。三十年前的田野多少还有点内容，野鸡、野兔对这片土地抱有太多爱意，它们就在田间吃点昆虫、谷类、豆类和草籽。

两只野鸡，形影不离，于是会被一根绳子扎好爪子，褡裢般挂在猎人的肩头。我那时并不多么同情它们，甚至羡慕猎人的孩子会迎来一顿美味的晚餐。即使没有吃肉，那几根鲜艳的羽毛插在笔筒也是可以好好炫耀一番的。

野鸡在文学作品里，也指代了一些柔弱的人群，我们那领养的男孩子被人唤作"野鸡头"。连德国的赫塔·米勒也写了本书《人是世上的大野鸡》，讲的是移民制度下一个叫阿玛莉的姑娘的故事。

至今，我还能老遇见一对野鸡夫妇被惆怅地关在笼子里，被一些打量它们的眼睛接过去，结束了倥偬的一生。活来活去，活成了一副"名震塞北三千里，味压江南十二楼"的对联。

无意中翻起一篇十年前的日记：

一只流浪猫长出了老虎的样子，打扰起它们的生活。

三月十八日下午三时。我听见窗外一声类似鸡的尖锐的"咯咯"声。

那只肥壮的黄猫在追逐它。它躲开，猫又慢慢接近。

食肉动物有其惊人的耐心。这只被人遗弃的猫远离了衣食无忧的日子重新开始了自食其力的生活。然而它有翅膀，它可以在猫扑向它的时候腾空而起。但它并没有飞远，落在十几米以外处。猫又继续蹑手蹑脚地慢慢接近……我没有发现它的"她"。

一个多月来，我习惯在窗口偷窥它们：一对野鸡。它们活在自己的世界、最后的家园，为什么不远离这不再清静的地方？

　　要飞多远才能找到繁茂得足够它们隐身的处所呢？它们的翅膀并不适合长途跋涉，它们也不舍得离开某一棵相识多年的树。那树，在它们小的时候就给了栖身的枝丫，它们在那里相爱。

　　推土机在这里像骏马在草原一样风光。当它毫无理想轰鸣着走过我窗前最后闲置的荒野时，我听到了二〇一〇年春天第一声布谷鸟的叫声"别姑姑—姑"（三月二十二日上午九时），遂翻日历昨日已是春分。在灰蒙蒙的我的化学江南，空气深度污染，这一声布谷，倒像晨钟般响彻并擦亮江南混沌的天空。

　　随之而来的午后我听见了刺耳的锯木声，让我想得很遥远，那是利奥波德《沙郡岁月》里的"好栎木"，伐木者大喊着拉动锯子，人类帝国在前进中，砍伐替代了播种的进取精神，卡车或铁皮火车将苍翠森林慢慢肢解并运送到蓝色的简易工棚里。

　　那是城市里最后一片荒野，某个村庄残留的遗体部分。这十余亩地如果种上水稻，秋收可以获取一万多斤稻谷，如果种上小麦，夏收可以获得八千多斤麦子。这里即便什么也不种，我还能看见几十种南方乡土草木葱翠、枯黄，花开花落，几十种鸟儿在这片乐园平静地生活。就不能留下这最后一片简朴的、原初的乡野吗？就不能把这故土万分之一的遗容让与我同龄的人用来怀念吗？

锯木声响了。我像一块远方运来的木头，在刨木机上平滑地推动，我的身体被慢慢削薄碎为木屑。这里将又有一座钢筋水泥堆砌的物体冠以某某名城或某某雅居向"到城里去"的数千人发出热情的请柬。赴约者蜂拥而入，我的喜鹊、麻雀、布谷、野鸡们……拍了拍翅膀，飞向另一个没有长久居住权的栖息地。

我还是有梦的，在某个隐蔽的树丛、草丛，扒开一个简陋的巢窝，啊，枯草、落叶以及少许羽毛，垫了十几二十颗橄榄色的椭圆形小蛋。

喜　鹊

四月的某一天，我看见两只喜鹊各自衔了一根树枝从头顶从容飞过，那一刻我想了很多，一个篆体的"家"字浮现眼前，我只是感动得一句话也说不出来。

喜鹊是江苏的省鸟，乡间最常见的一种鸟。全球有近一半的丹顶鹤飞来江苏（盐城国家级珍禽自然保护区为我国最大的海岸湿地保护区）越冬，但人们大多数放弃了身份高贵的丹顶鹤而选喜鹊为省鸟。热爱土地的人把荣誉赋予亲近土地的事物：它们一只在地上觅食，另一只在高树上机警地四处观望，时而几声"嘎嘎"的叫声，单调却也洪亮，黑背白腹的素衣，几个盘旋，落落大方地在平原上空掠过一道道弧线。

我曾经记录过这样一个早晨，"在冬天，在寒冷中/我看到了吉祥/也许我的感觉是错误的：/一只雀子惬意地滑翔/在我眼前/它突然一个俯冲/像是坠落/让我无端为它的命运担忧/也许我的感觉是

喜　鹊

错误的：/在冬天，在寒冷中/如果我看不到这种吉祥/余下的日子/我会惊慌失措"。冬日村庄枯燥乏味，就像个寂寥和慵懒的老人，每天观望着太阳的行程，沉默寡言地度完余生，但是数十只喜鹊布满村庄各个角落时，它还能打起精神回到中年，还能说说明天的打算。诗里的"雀子"指的就是喜鹊，我一直想把"雅鹊"替换进诗中。喜鹊，我们习惯叫"鸦鹊"。家乡总说老鸦叫是不祥之兆，喜鹊叫有吉祥之意，却不知何故折中地用了"鸦鹊"的叫法。连小时候课本上王之涣的《登鹳鹊楼》现在也换成了《登鹳雀楼》，心里老纳闷，这先人的诗作题目也可以随便篡改？遂查《全唐诗》，事实是《登鹳雀楼》。人类的生存环境是无法离开动植物的，先民对自然环境的认识有其科学性：鹊与雀的区别在于长尾鸟多从"鸟"，短尾鸟多从"隹"，而鹳雀是一种小型水鸟。

喜鹊犹喜与人为邻。有次回家听妈妈说，老家门前那棵杉树上有喜鹊筑巢了，这在乡村是件司空见惯的事。但妈妈说那两只喜鹊是搬家的，它们的巢本来筑在离我家二十米远的一棵柳树上，是奶奶亲眼看见它们把筑了一半的巢拆了，衔着一根根树枝来这棵杉树上重新搭建的。于是喜鹊吉祥的叫声在我家门口不停地回绕着，奶奶和妈妈为这件事乐呵呵的，我坚信农谚在乡村的魅力。

村庄里大树上的鸟巢几乎都是喜鹊的，它们热爱居所，生来勤劳，相比之下才使布谷鸟自《诗经》起就留下了"维鹊有巢，维鸠居之"的把柄。它们造屋子也不像麻雀那么随便，牢固，经得起风雨，属于好好过日子的那种。除非丧偶，一对喜鹊总能相守到老，它们双宿双飞，成双成对地在田间、草地上跳跃，追逐，捕食害虫，俨然成了庄稼人中的一分子，以一种永远守望的姿态在此劳动、生息、繁衍，诉说着对土地无尽的爱。

我读朱文的《灰喜鹊》时触摸到一丝淡淡的忧伤与痛感，虽然灰喜鹊和喜鹊不是同一种鸟，但我想放在喜鹊身上同样恰当，"一只田埂上的灰喜鹊，注视着庄稼的/长势，它不是稻子的主人，但它以为是……现在就只有灰喜鹊愿意不离开，只有它/愿意和偶而经过的路人、家禽以及鸟/谈论一番对土地未尽的责任"。弥漫农耕气息的旷野太需要几只欢跃的喜鹊了，年轻的儿女离开这里很快就有了注明新家庭地址的身份证，如果再没有了它们，这片平原会沉闷得如一张没有黑白两子的空荡荡的棋盘。幸好喜鹊是留鸟，一生不离开出生的故乡，于是还有最后一群安于耕作的人留守这片土地与季节对弈。

翠　鸟

英国摄影家迈克·莫克勒有幅一九九四年获世界野外摄影大赛奖的作品《囫囵吞虫》：一只翠鸟稳稳地站在一块色彩斑斓的大石头上，正张大嘴巴将一只不知名的昆虫纳入嘴中。这幅画面有点令人费解，因为翠鸟没有丝毫的捕捉动作，仿佛那只昆虫有足够的献身勇气。作品配有简单的文字说明：甲虫因为其丰富的蛋白质含量而成为许多动物口中的美食，这只欧洲（蓝胸）佛法僧就正在坦桑尼亚的塞伦盖蒂国家公园里享用一顿甲虫美餐。佛法僧长有艳丽的蓝色翅膀，粗壮的躯体及钩形喙，它们喜好攻击，尤其以擅长在繁殖季节中的翻滚旋转的飞行而出名。

如果没有文字说明，我极易把这幅画面的背景设置为中国东部水乡的一个普通角落。然而画面上的鸟叫佛法僧，与翠鸟长得极为相像，嘴长，矮小短胖，仔细比较才发现我所见的翠鸟背、翅、尾为亮蓝色，腹部棕栗色，嘴、腿为赤红色；而这只佛法僧的羽色略有挪移，胸为浅蓝色，背部赭棕黄，翅膀深蓝。在鸟纲中我对佛法僧这一目颇为好奇，这名称似乎和宗教扯上些关系。据说"佛法僧"这个名字是由日本传过来的，当时如此命名是因为它们的叫声很像日语"佛、法、僧"的发音，便用了这三个字来命名。后来却发现发出"佛法僧"叫声的是东方角鸮，看见的则是另一种鸟。于是将错就错，佛法僧的名字就继续沿用了下来。而"佛""法""僧"正是所谓的佛门三宝，因此它又有了"三宝鸟"的别名。日本只有三宝鸟属，而中国还有佛法僧属，这个名字传到中国后，我国就把一个属叫作三宝鸟，另外一个属叫作佛法僧。

翠鸟就属于佛法僧目。在水乡，我没有见过比翠鸟更漂亮的留鸟了。当成群结队的麻雀风般卷过田野或栖息树林时，叽叽喳喳声里窜出一声银铃般的"唧——唧——唧——唧——"抛物线般落向小河边的芦苇丛中。我不复再来的童年总是天空晴朗：在风里赤足奔跑的孩子沿河岸追逐着一只翠蓝色的精灵，他很小就拥有了对美的认识和渴望。他停下喘气，那只小精灵也在一定的距离处停下，站在纤柔的芦苇尖上，上下起伏。他永远记得小精灵清澈的眼睛，那是会说话的眼睛，他到现在还能感觉到它音乐般的心跳。值得一生怀念的童年可能源于类似的对峙片段，如初恋般纯美。

翠鸟机敏伶俐，冷不防地闪入你眼帘，贴水疾飞，多像水乡一个闪亮的动词！然后找一个停歇处耐心注视水面，一有动静，它像箭一般射向水面，离水时尖长的红喙已经牢牢叼住一条挣扎的红眼鳑鲏或板石郎（华鳈）——一名有的放矢的聪颖猎手！如此画面，早在唐人钱起《衔鱼翠鸟》里就有过令人惊叹的生动描述：有意莲叶间，瞥然下高树。擘波得潜鱼，一点翠光去。"一点翠光去"可谓笔追清风心夺造化，钱起算是把翠鸟捕鱼的一瞬写绝了，如雅克贝汉善用的一组细微小镜头，这逼真一幕绝非丹青高手能挥洒到传神之至的。

冯梦龙有《翠鸟移巢》，讲的是翠鸟先把巢筑得高高的以避免祸患，等生了小鸟，特别喜爱它，唯恐它从树上掉下来，就把巢做得稍稍低了一些；等小鸟长出了羽毛，翠鸟更加喜爱它了，又把巢做得更低了一些，于是人们就把它们捉住了。这个寓言式的故事可以多角度地去理解，至于这个习性翠鸟好像没有。倒有一个至今未曾实现的愿望令我耿耿于怀，就是摸一摸翠鸟翠蓝发亮的羽毛。我留意过翠鸟喜欢在岸旁洞穴营巢（也有在土崖壁上凿穴为巢），以至于终于发现了一个翠鸟的窝。窝口直径五六厘米的样子，有些杂草遮掩。我扒开草，随手抓过一块瓦片，稍倾斜用其棱口一圈圈地扒大洞口。我细幼的胳膊慢慢伸进去，洞壁冰凉冰凉的，怀揣激动与几丝慌张，却未能够到底。也许那天那只翠鸟未在家中，也许它就蜷缩在离我的欲望半厘米的地方惊恐地看着如它身体般大小的拳头。也许吧，我试过几次后那只翠鸟就搬离了危险的地方，夕阳下一个家门变得无限荒凉。

翠鸟还有个名字叫翡翠，"翡翠形如燕，赤而雄曰翡，青而雌曰翠"，我却没见过那只翠鸟有过伴侣，有过孩子。我的印象中就见过那么一只翠鸟，它孤单、冷漠，是苏南留鸟中的异数，从不和邻居打招呼，独来独往，过着离群索居的生活，它却仿佛热衷于享受内心世界的宁静。如我今夜念想翠鸟时，或者说循着记忆里几近模糊的痕迹难以写下详述的文字时，我才觉得过多地掺和于热闹的江湖其实挥霍了太多属于自己的时间。

那只翠鸟早已飞离了我的视野，在江南，我分外想念久未谋面的它，如果某年某月某日于某个地方它能突然出现在我眼前，那感觉定像再次相逢第一个深爱过的姑娘一般。因为她和它的存在，我的记忆里还闪现着色彩鲜艳的柔软部分，那是生命之初的纯净底色，不同于生活的光怪陆离，杂沓，眩晕，早把我抽打成一个身不由己的陀螺。而翠鸟低调的性格让我懂得了一个简朴的道理：与这繁杂世界过于亲近的麻雀往往乐极生悲，"唧——唧——唧——唧——"之声虽单薄，却是属于自己的独特声音，这被世界疏忽的细微之声却在默默地酝酿着否极泰来的无限可能，那么我为何也不平静为一个单数？

麻　雀

"男孩们会撕麻雀、点燃天牛角、捉青蛙打得胀得老大，拉住野猫的尾巴甩得飞快然后一松手让猫飞出去，这样的事他撞见就发抖，脸煞白，浑身冷汗，人家就笑他"，如果我也有一个顾乡这样的姐姐，她也会如此描述我这个"没有多大出息"的弟弟。

在小镇破旧的粮管所附近，我驻足停留了很久，我在看一群麻雀，路过的人在打量我这个如此认真看麻雀的人。我眼睛的余光发现了他们脸上的惊奇。我在看一群麻雀，我发觉麻雀居然也如此美丽，造物主给了它们与其他物种不同的独特样貌，而每一种具体的生命形式原本就是美丽的。

麻雀是我汉语写作使用的基本词汇：它和人类纤维交织、镶嵌，象征着中国古老土地的命运。

它们落叶般从窗边滑落，又猛地翻飞，提醒我更认真地阅读这个不察觉间业已到来的冬日，以及江南四季不再分明的命运的无常。

麻　雀

数日前，几百只麻雀集聚在池塘边的几棵柳树上，我听不懂它们在吵些什么，在小雨夹雪的阴郁、湿冷天气，我只能听出一种不安，一丝冰凉与凄苦。像天气放晴后，它们欢聚在那片荒地上，从枯黄的藤藤蔓蔓中找寻杂草和野生禾本科植物的种子，它们吵些什么我依然听不懂，但我听出了一种欢快。

我曾仔细观察过三种常见的鸟在这片土地上与人类相处的生活方式：在我眼里，麻雀就像活泼、好奇的孩子一样，在人们身边跳来跳去；而喜鹊却像有了经验的青年，与人类保持一定的距离，在屋前屋后数十米处的大树上居家过日子，并以其吉祥之鸟的身份纳入人们欢迎之列；与喜鹊享受同等待遇的夏候鸟家燕更是接近了一步，在农家的屋檐下营巢育雏。

我越来越喜欢麻雀这种小动物了，因为在之前的感情基础上，我又知道了它另一个名字：家雀。很多时候，我更乐意把耐心细致的李时珍看作一位写实的民间诗人，"栖宿檐瓦之间……故曰瓦雀"，以瓦与雀之间的某种联系而命名远比用外表色彩命名的"麻雀"要来得蕴意悠长。瓦，用泥土烧成，有拱、平或半个圆筒等形状，是江南民居铺屋顶时普遍使用的建筑材料，今时几近在某些怀旧味道的仿古建筑中偶尔露面。瓦，数百年来被雨点打磨成寒青的光泽，被江南散落了的一个名词，意味着瓦楞的流畅线条或一株屋檐草的失踪，也意味着一种鸟的别名成为记忆中沉睡的符号。

麻雀作为和人类伴生的中国最庞大的留鸟家族，却因其杂食的生活习性而被人类收敛住该有的慷慨。在人们眼里，只看见夏、秋之际偷窃着他们辛勤种植的禾本科植物种子，对它们起伏于田野间捕食鳞翅目害虫的一幕却视而不见。

此刻，许多只褐黄色的麻雀在草坪上小幅度地跳跃，觅食，像风掀动着一枚枚落叶。数十只麻雀在我生活的领地起起落落，那么地舒心，并感化了我。它们孩子般顽皮，像为这步入暮年的世界增添几分希望和生机。我每看到一只麻雀双爪拘谨地向前拎着、"扑棱扑棱"地飞起时，我就想笑，我就想"哦呦哦呦"地喊几声，它一分神，节奏慢了一拍，就停落了下来。然后天真地责怪我几句，再次飞起。

如果五十只麻雀飞进清时，飞进袁枚的《随园食单》，就成了"煨麻雀"："取麻雀五十只，以清酱、甜酒煨之，熟后去爪脚，单取雀胸、头肉，连汤放盘中，甘鲜异常。其他鸟鹊俱可类推。但鲜者一时难得。薛白生常劝人：'勿食人间豢养之物。'以野禽味鲜，且易消化"。

如果一百只麻雀飞进二十一世纪，飞过祥和的乡间傍晚、飞进农家乐，就成了一道"五彩雀肫"。一只麻雀的个头实在小得可怜，去头去爪的尚需三五十只凑成一盘，一只麻雀一个肫（胃），按比例想想，可约莫猜出一盘雀肫所用去的麻雀数量了。我每次都要阻止做东者点这道菜，少上一盘，上百只麻雀就可逃脱厄运，糊弄嘴的事，还是少干些张口就灭一个群落的事。

打量着周围微笑的面庞，肌肉的伸缩间正悄悄洗却中国乡村慈母般温和的遗容，我似乎听到了夕阳失去一个个伙伴的孤独叹息——它变得沉默而犹豫。好吃，好吃。于是，我看着他们吃掉声音，吃掉形状。顷刻间，一只只青花瓷露出原来的面貌，我们以及曾经制造这些瓷器的祖先吞咽下了这片古老土地上最古老的民族音乐。

水老鸦

半截青黛色的石板码头伸入水的内部，被水孕育的另一种生命——绵滑的青苔覆裹在它的表层。盛夏。一个皮肤晒得黝黑的孩子小心翼翼地踩在码头裸露的部分，根据水位的深浅，或蹲身，或趴下，或双膝跪着，无论哪一种姿势，他必定是用双手并拢弯成半碗状，捧起清凉河水，美美地喝上一口，以消减酷暑的燥渴与炎热。捧，一半虔诚一半敬畏，仿佛出生时已渗入骨髓里，以恩谢水对于一个碳水化合物而言的珍贵补给。这个孩子曾在码头边发现过太多的乐趣，锁定码头一侧的目标，双手轻轻伸入水中，掌沿沿着一条板石郎（华鳜）悄悄挨近，围拢，小鱼离水后一个劲地蹦跶，然后随手扔入水中；或者淘箕淘洗米时没入水中二十厘米，弥散的白色米浆吸引越来越多的小鳑鲏，趁它们尽情享用时，猛地提拉出淘箕，有时候米上有十几条鳑鲏之多。接着再放入水中，任受惊吓的小鱼游去。

水。鱼。苏南水乡的重要组成元素。有水，有鱼，也就有网。苏南用网捕鱼的方法很多：挺丝网，丝网宽度几乎占河面的三分之二，丝网下面间距均匀地缀有铅块，拿根竹竿南面敲几下，北面敲几下，一会儿工夫就有鱼撞上来被卡在网眼里；撒网，左手握住一圈尼龙绳，右手握住渔网（褐黑色麻线编织）甩几下，抛出一个尽可能大的包围圈，抛网时左手配合速度放线，等铅块拖着网沉到水底，再慢慢收紧尼龙绳，拖上来，有鱼，也可能是烂树枝、破砖破罐头；扳网，一种用木棍或竹竿做支架的方形大鱼网，通过支架，轱辘，糅合了滑轮的原理，但仍需要很大的劲才能把网扳离水面，如果四个罾角刚刚起水你已没有了力气，大一点的鱼还是能逃窜的……

我的叙述至此该奔向主角了。鸬鹚，也叫鱼鹰，家乡叫水老鸦，帮助渔民捕鱼的猎手。鹰，给人一种凶残、暴戾、桀骜不驯的印象，鱼鹰为何温顺地收拢翅膀，甘愿在一条渔舟上听命呢？不得不惊叹人类驯化动物的能力、天赋和智慧，即便极其凶残的动物也能俘虏，从"野生"的那支分离出来乖乖地为人类的利益效命，然后为其取个比原名听来善良多了的名字。早在《尔雅》《异物志》等书中就有"鸬鹚入水捕鱼，湖沼近旁居民多养之"的记载，经过一代一代的努力，于是有了"南方渔舟往往縻畜数十，令其捕鱼"的繁荣。

水老鸦黑羽，带紫色金属光泽，肩羽和大覆羽暗棕色，比鸭狭长灵活。嘴粗长，最前端有向下的锐钩，喉下那个能暂存捕捉到的鱼的皮囊，似乎就为了归顺人类而生。水老鸦下水前主人会用细绳圈扎住它的皮囊下端，捉到的小鱼如果能滑入喉管可以自食，大一点的鱼由于颈部圆圈所限使它只能将鱼衔在宽大的口腔里却不能咽入胃中，于是像个乖孩子般交到船上来。主人眼疾手快地一手抓过水老鸦，一手把鱼扔进鱼篓。水老鸦之间的配合也令人惊讶，遇到大一点的鱼，几只水老鸦会齐心协力，叼住大鱼游向船边，主人用网兜把鱼捞进船舱。"船头一声鱼魄散，哑哑齐下波光乱。中有雄者逢大鱼，吞却一半余一半"，这是明末清初布衣诗人吴嘉纪（江苏东台人）在《捉鱼行》中对水老鸦捕鱼的一段生动描写，虽然描写的是白洋淀的水老鸦，其实和苏南的情形大致相似。

记得儿时每逢听到"嘎呀嘎呀"的水老鸦叫唤声从附近河面上传来时，村里的男女老少会争相跑过去看热闹，欢呼不已宛然成了水老鸦捕鱼的拉拉队。一只只水老鸦姿态不一，但都雄赳赳气昂昂地整装待发。待小木船停在河中央，渔人便手握长长的竹篙，不断地拍打水面，他两脚叉开，一轻一重地左右晃动船板，把河面荡得水花飞溅。一声吆喝下水老鸦一个个扎入水中开始捕鱼，当水老鸦争先恐后地叼着活蹦乱跳的鲫鱼、翘嘴鲹、鳊鱼、白鲢、草鱼……交给主人时，小孩子更是兴奋不已，恨不得跳入水中和水老鸦赛上一场。

《武进县志》曾记载，一九四九年前武进县的渔民有两种：一是依靠捕捞收益为生的专业渔民，另一种是副业渔民，大部分在滆湖附近，农忙务农，农闲捕鱼捉虾。专业渔民以原籍和生产方式的不同分成若干"行帮"。比如苏州帮用刀鱼网、鲥鱼网捕捞，镇江帮使用春花网，常州帮驱鱼鹰捕捞、摸鱼。在"内河捕捞工具"中也记载了"鱼鹰，捕捉大小杂鱼"并归入常年性捕捞工具。然而我年幼时还能常见的这种捕鱼方式在南方水乡几乎绝迹了，这期间究竟发生了什么变故？在南方，我已很难找到一条洁净的河流，它们灰暗，长着一张生锈的脸，病恹恹地卧在故乡不再肥沃的土地上，等待现代工业催生的城市的最后审判。

今日无意中翻到一张照片，我头戴竹篾编织的斗笠，肩上一根担子，两头各站只水老鸦。那是二〇〇六年夏天，我从漓江的游船上下来，在去阳朔西街的码头边拍的。那天我二十八岁生日，可能有整整二十年没见过水老鸦了。《禽经》说"王雎、雎鸠，鱼鹰也"，晋张华注"《毛诗》曰：'王雎，挚而有别，多子。江表人呼以为鱼鹰，雌雄相爱，不同居处。《诗》之国风始《关雎》也'"，我常把《诗经》看作一部动植物的小百科全书，没想到掀开《诗经》第一页的居然是水老鸦。

黄　鹂

　　在一幅纵一百零五点三厘米、横四十点三厘米的立轴绢本上有这样的布局：一竿断竹斜出，几枚叶子精神依旧，根在画外；茂盛的牵牛花，细长藤蔓缠绕着竹之瘦骨；棱角嶙峋的岸石，右上方有一只黄鹂伸出叼着虫子的长喙，吊篮状巢中三只嫩黄的雏鸟张开嘴，右下方有一只黄鹂立在石头上正伺机捕捉贪玩的红蜻蜓；菱蔓浮出水面，开淡紫小花，已结数只红菱。整幅画面生机盎然，诗意绵延，静中反复着正在发生的事情——那只黄鹂捉到了红蜻蜓后立即飞回鸟巢，另一只喂完虫子又要飞往另一处为孩子觅食。

　　这样的池塘一隅格外熟识与亲切，遍布在苏南水乡的寻常角落。夏季的水乡无疑正是一个沸腾的季节：牵牛花花期六至十月；菱花期六至七月；夏候鸟黄鹂繁殖期为五至八月（孵化期十四至十六天，哺育期约为十六天）。综合各种元素这个状景大致发生在六七月之间：夏天。我不懂得赏国画的精妙处，但画作者非常诚实地呈现了这方土地上的真实一幕，哺育依然是其明朗的主题——《菱塘哺雏图》，王维烈，生卒年不详，活动于十六、十七世纪，江苏苏州人。

四百多年前的温情画面一直延续到二十年前某个夏天，之后慢慢陌生起来。我经常看到盛开的牵牛花和鲜嫩的菱角，暴雨欲来时蜻蜓低低地飞，黄鹂也能偶尔出现在视线。它们还能一个不缺地同时出现在某个平面图上讲述那个曾经立体而饱满的故事吗？就像一群志同道合的朋友因为各种理由，渐渐走散，多年以后的相聚总是缺这个少那个。

其实，在我还没认出哪只鸟叫黄鹂时就有了这个名字的印象，那时乡村老师所会的儿歌在今天看来是多么贫瘠啊，我记得总是《小兔子乖乖》《小燕子》以及励志类革命歌曲《少先队员之歌》那为数不多的几首在翻来覆去地填充着一代代孩子的心灵外，还有就是那首《蜗牛与黄鹂鸟》了。我估计那时的老师也不知道这是首台湾民谣，他们并不标准的普通话，加上鲜明的台湾方言，教起来味道怪怪的。但这首歌所达到的启蒙教育效果可与"龟兔赛跑"这个众所周知的寓言故事相媲美，歌里的黄鹂鸟是个和兔子一样骄傲的角色，而蜗牛则与乌龟同一类型，好像弱势群体总有先脚踏实地、后笨鸟先飞的觉悟。

以我个人的审美，在水乡除翠鸟外黄鹂可算最美的鸟了。我们那的黄鹂是黑枕黄鹂，也叫黄莺，通体金黄色，粉嫩的嘴，铅蓝色的脚，由额、眼至枕部有一道逗号似的黑纹，翼尾上夹杂着黑羽，如果数万只黄鹂聚在一起，部分黑羽几乎会被淹没，那是多耀眼的金黄海洋啊！但黄鹂更多是用来听的，"莺歌燕舞"不妨看作是两个艺术门类里的杰出代表，黄鹂悦耳的嗓音圆润、清脆，极富韵律，较之其他鸟儿似乎更具有艺术的天赋。"千里莺啼绿映红"，小杜用的是啼，普通；"两个黄鹂鸣翠柳"，老杜用的是鸣，平常；"阴阴夏木啭黄鹂"，王维用的是啭，传神。婉转清丽的声音，才使得欧阳修有"舌端哑咤如娇婴"的绝妙比喻。

黄鹂在台湾是留鸟，对我的家乡来说它是夏候鸟，四五月回来，如果在东部平原能四季常见，那该是非常美好的大自然的礼物，我总自私地觉得它只归水乡独有。再说说王维之句"漠漠水田飞白鹭，阴阴夏木啭黄鹂"，唐人李肇因见李嘉祐集中有"水田飞白鹭，夏木啭黄鹂"的诗句，便讥笑王维好取人文章嘉句；明人胡应麟则力辟其说："摩诘盛唐，嘉祐中唐，安得前人预偷来者？此正嘉祐用摩诘诗。"李嘉祐与王维同时而稍晚，至于谁袭用谁的诗句，我不敢断言。我认为李嘉祐也不至于借用到每句去两字的地步，但如果王借用李句的话，"漠漠"与"阴阴"倒把李句点化得开阔而深邃了。我提及这段诗史，意不在考证，而在于王维这首《积雨辋川庄作》，显然是他归隐之地辋川庄（陕西蓝田终南山中）

夏日的田园风光与景象，而《诗经》"桃始华，仓庚鸣"这样的句子分明是说的黄鹂春鸣，《诗经》多记载陕西景物，那么黄鹂这种候鸟究竟于何时于何地居留？如果可以，我真想花一年时间，去追寻黄鹂的迁徙路线了。

在北威尔士就有这样一对夫妇，为实现环球观察鸟类的梦想，在二〇〇七年变卖房产，作为启动环球"追鸟"行动的资金。他们走遍全世界二十七个国家，发现的鸟类数量已达到四千二百六十五种。最近他们结束追鸟之旅回到威尔士，打算将环球追鸟之旅写成一本书，与同好者分享他们的成果和乐趣。在那些以捕鸟为乐趣的人眼里，他们的举动是可笑的，我多想结识他们，听好多关于鸟的故事。让一个同样有着追鸟梦想的中国青年在遥远的东部中国向这两个名字致敬：艾伦·戴维斯和卢斯·米勒。这个世界上有美的存在就会有美的追寻者和追寻方式，这两个追鸟人说，活着就是为了在美丽的地方看到美丽的鸟。仅这一句我分明看到了鸟儿展翅时画出的优雅弧线。

鸽　子

　　每每看见鸽子绅士般在广场上踱来踱去，就觉得这真是一种奇怪的鸟，因为我没见过第二种鸟，会像鸽子一样从容地融入人群宛然成为其中的一分子。能和鸽子相提并论的另一种动物，可能数得上狗了。它们走在大街上的架势像社会上流人士一样，比一些人还要不亢不卑和理直气壮。也确实有那么些人，对待鸽子和狗的态度比对乞丐和民工要好多了。

　　我觉得京城人挺能玩的，比如"遛鸟"和"遛狗"，遛：牵着牲畜或带着鸟慢慢走。原则上是，有足也好有翅也好，还是得把对象留在身边的。我并不觉得这有多闲情雅致，游手好闲仿佛是八旗子弟们的一种日常劳动方式。这些人，把鸟和狗都给宠坏了。

　　读老舍的《鸽》，长了不少见识，鸽子居然有那么多类别，值得人们研究了众多的专业术语给它们命名；读完了，又发觉其实鸽子是非常悲哀的，因为羽色细微的差异和搭配，它们的名字就有了天壤之别的身价。就像给几个人起名字，叫张羊羊的是个上班的普通人，叫张学友的就成了海报上的名人，叫张骞的已然是历史记载的伟人。其实他们长得差不多，只是一个写诗、一个唱歌、一个经商，比农民优秀不了什么，靠一些手艺换点农民的粮食吃吃而已。吃完了也一样要排泄，不过是鸽子在广场上排泄，他们在厕所里排泄罢了。

蒲松龄在《鸽异》里写过一只奇怪的鸽子，比山西的"坤星"、山东的"鹤秀"、贵州的"腋蝶"、江苏的"翻跳"、浙江的"诸尖"还要奇特。那只鸽子是邹平县的张幼量公子在广陵县时花十吊钱买到的。张公子到处收集鸽子，可鸽子过于贪睡，有的得麻痹症死掉了。他这回买到的鸽子体形最小，却善于奔走，如果把它放在地上，它就没完没了地走来走去。张公子于是晚上把它放进鸽群，让它惊扰那些好睡的鸽子，可以免除鸽腿上的麻痹症；因此起名叫作"夜游"。

有天晚上，一位穿白衣的年轻人在张公子的书房出场了。那年轻人也有各式各样的鸽子，令张公子羡慕得很。在他再三恳求下，年轻人送给他两只白鸽，"睛映月作琥珀色，两目通透，若无隔阂，中黑珠圆于椒粒；启其翼，胁肉晶莹，脏腑可数"。年轻人送完鸽子也变成一只白鸽飞走了。过了两年，两只白鸽孵出了三只雄鸽和三只雌鸽。他父亲的一个好朋友，是个显贵的官员，一天看见了张

鸽　子

公子问了句"你养了多少鸽子",张公子领会错了,以为长者问他索要鸽子,便选了两只白鸽作为贵重的礼物送给大官。过了几天,张公子又见了那个大官,看那大官没有一丝感谢的客套话实在忍不住问了句:"我前天给你送去的鸽子还好吗?"大官回答:"鸽肉很肥,滋味也很美。"他很惊讶:"你把它做菜吃了?那可不是平常的鸽子,而是人们所说的名种。"大官回想一下,淡然地说:"味道跟别的鸽子也没什么两样的。"

对话间,眼前是咬牙切齿的张公子和正在剔牙的大官。

也许,我和大多数人一样,对鸽子的认识过于局限,觉得它们正温顺地生活在我们身边。当我读到利奥波德所描述的"书中的鸽子不可能用明尼苏达的新麦做早餐,然后又到加拿大去大吃蓝草莓",我才改变了以前对鸽子的印象,原来还有概念里截然不同的鸽子存在——野鸽子,数百种野鸽子!它们在我们的视线之外过着虽说艰辛却又极其浪漫的生活。利奥波德说的只是其中的一种:旅鸽。他继而这样写旅鸽的现状:"还记得他们青年时代的旅鸽的人仍然活着,那些在他们年轻时曾被鸽群呼啸着的有力的风摇撼过的树木也还活着。然而,十年后,就将只有最老的橡树还记得,时间再长一些,就将只有那些山岗还记得。"

这样的转折让我感到悲伤,仿佛听说了一个美丽的湖泊,刚开始想象,它居然干涸了,一种未曾谋面却再也不能谋面的鸽种,已在数十年前因为捕鸽人和拓荒者从这颗星球上完全消失了，只留下威斯康辛的怀路森州立公园的一座旅鸽纪念碑。纪念碑我见过很多，沉重而冷硬的石雕，并独属我这个物种所能制造。那座旅鸽纪念碑没见过，所以并不知道碑文的内容，还能提供给我对于一个消失的物种的想象空间。当人类为另一个物种树碑哀悼时，是来自心灵的不安还是真正明白了"人们仅仅是在进化旅行中的其他生物的同路者，我们该具有一种和同行的生物有近亲关系的观念"的救赎呢？

其他野鸽子也许我也没见过，即便真见过也未必能从家鸽的容貌中辨认出来。作为低级文明、象征蛮荒却最接近生命本性的"野"原本是被人抵触、藐视的群体，而今又成了千万人追求的吃喝玩乐的情趣。我想，人类文明也经过了相互豢养的漫长历史，但残存着原始的野性记忆，终究听得见野性的呼唤。这种野性之火重新燃烧起来，未来会变得怎样？

画家毕加索和诗人聂鲁达共同促成了"和平鸽的诞生"，于是鸽子寓意着和平精神。最早驯养鸽子的是美索不达米亚的苏美尔人，考古学家发现的第一幅鸽子图像来自公元前三千年的美索不达米亚。如果牵强些，美索不达米亚该是"和平精神"的发祥地，颇有意味的是，美索不达米亚有个现代名：伊拉克。想起了旅鸽，一个物种的消失。

戴　胜

　　夏至日途经一处草坪，远远就望见两只鸟在其间悠闲地踱来踱去，时而仰头耸起扇状的羽冠，时而低头用细长的喙在草丛里拨弄一翻，那情景大半是在觅食。这鸟长得一模一样，我平生却未见过，在现时仅以麻雀、燕子、喜鹊为主要居住鸟类的故土平原，突然遇上两位陌生的客人，我的内心如这个清晨草尖拥吻露珠般满怀喜悦。离它们越来越近时我放慢脚步，生怕惊动了它们，在我距离它们两三米远时，它们陡然停下觅食的动作一起注视着我，颈部稍有抖动地左右打量了我一番。这鸟有种素雅之美：颈和胸处棕黄色，偏淡于棕栗色的冠羽，下背、肩羽、尾羽褐黑色，夹有白色斑纹。我再抬起脚时，它们便腾起翅膀起伏低飞，"呼——呼——呼"地叫着隐入不远处的小树林，黑白相间的羽毛在风里翻卷起几道美丽的波浪。

　　我窃喜终于见到了从小就怀有敬意的森林医生啄木鸟，眼前不

戴　胜

由泛起它们双爪擎住树干，"笃——笃——笃"地透过坚硬的树皮勾出一条条害虫的一幕。只是平时图片上所见的啄木鸟好像没有扇形的羽冠，而且啄木鸟怎么开始在草地上捕食害虫了呢？这我无从解释，是不是园艺工人定期给草木喷洒农药，这城市里已经不容易找到一棵生病的树了，于是啄木鸟只能放弃一个长期的捕食习惯以适应生存？就像《北极传说》里以海象为主要捕食对象的北极熊由于全球气温的升高、北极浮冰的逐渐减少，生存已面临着严峻的考验，纪录片从第三人称的视角展示了北极熊 Seela 和海象 Nanu 艰难成长的故事以及两者命运之间多棱角的对峙关系，她们不得不改变着从母亲那里学来的生存法则以延续生命的孕育。

基于对鸟类知识的缺乏产生的怀疑，我翻阅了一系列资料，第五届江苏园艺博览会的吉祥物"翠翠"的形象设计图与我所见的这种鸟颇为相似，鸟的名字叫戴胜。我收集的一九八二年邮电部发行的 T79《益鸟》邮票为五枚的套票，票面设计取用中国著名花鸟画家田世光的原画，八分面值的戴胜就是我所见到的那两位陌生客人，和家燕、黑枕黄鹂、大山雀、斑啄木鸟同属益鸟之类。这套邮票的小型张用的是杜鹃，人们常常骂它"维鹊有巢，维鸠居之"，却时常忘了它作为亲密朋友的身份。就像这戴胜，呼以"屎咕咕""臭姑姑"之类的恶俗之名，再加上和杜鹃一样有不自食其力营巢的毛病更让它臭名远扬。其实，啄木鸟不居往年旧巢的习性，可以说是勤劳秉性使然，也可说没有念旧之情。戴胜把啄木鸟弃留下来的巢用来居住可以说不劳而获，也可以说避免重复劳动，节省下来的时间还不是都花在了捕害虫上？

戴胜生活在长江以北地区，为夏候鸟，一般夏季才能看见。据说戴胜已经成为南通常见的一种野生鸟类，在狼山一带大量栖息，去年夏天我到过狼山，好像没见着，想必是在山水面前就没有多留意鸟了。戴胜在江南地区个别地方为留鸟，江南范围过大，我的家乡未必就恰好是这个别地方。我觉得苏南也应该有戴胜的，在素有鱼米之乡之称的这片平原上，许多鸟与农事息息相关，比如"桃花开、燕子来，准备谷种下田畈"，比如"鹁鸪鹁鸪，种禾割麦"，而从诸多诗词中所见的戴胜形象似乎与桑树形影不离。韦应物《听莺曲》有"伯劳飞过声蹦促，戴胜下时桑田绿"、李中《村行》有"阳乌景暖林桑密，独立闲听戴胜啼"、张何《织鸟》有"季春三月里，戴胜下桑来"……感觉戴胜俨然一桑林的守望者。在曾经桑林遍野的故乡，我难道真没有见过戴胜？也许那时候鸟多得习以为常了，也就没有了一一记取它们容貌的习惯，不过如果还有幸能见只白头翁从头顶飞过，我肯定还能一眼认出它来。

沈从文先生在《水云》《白魇》《云南的歌会》等诸多篇什中提到过戴胜，那时先生正在昆明的西南联大任教，看来云南倒是戴胜的一片生活热土，先生笔下多次提及戴胜，不难看出他对这鸟多多少少有些偏爱。有资料说这种鸟虽遍布全国各地，但由于自身繁殖能力较弱，现在已比较罕见了。不知道六十多年后，云南的戴胜还是不是如先生当年所见的那般多。

保护鸟类、维护自然生态平衡，当代人终于坦白了内心的焦虑，于是就有了每年四月至五月初的某一个星期的"爱鸟周"，由于南北气候不同，各地所定的爱鸟周时间也不尽相同，江苏的爱鸟周是每年四月二十日至二十六日。一周之爱，对鸟来说是远远不够的。在我稔熟的乡村，那些儿时所见过的画眉、八哥、金丝雀、斑鸠、云雀、芦燕……你们都去了哪？你们又何时再次返乡抚慰我的沮丧？然而戴胜确实已经在长江以南的江苏大地上出现了，也许我所见的这两只只是生性浪漫，偶尔越江而过到苏南来度几天假，而我就有幸成了与它们照过面的少数人之一。也许它们会突然爱上这片土地，于是决定留下来生儿育女，加入苏南留鸟的队伍。要真如此的话，我感激万分——戴胜：鸟纲佛法僧目戴胜科在中国唯有的种。

在这篇文章写完一月有余，我要惊喜地告诉读小文于此的朋友：在常州科教城近两千亩的绿化带上，每日都能看见几十上百只的戴胜出没于河边、草地、树林，它们就像走在自家院子里一般从容唤醒了人类的爱与友善。这群戴胜中肯定会有我初见时的那对，我认不出它们了，但我对它们为实现我美好心愿而叫来这么多朋友安居于此表示深深的敬意。

乌　鸦

　　乌鸦是乡下常见的鸟——这一句别人的寻常开头我都觉得有点奢侈了。乌鸦已很少见。江南春色里，我写乌鸦，总感觉在扫别人的兴。窗外几只喜鹊在起落，我想起多年没见到的乌鸦了。乌鸦和喜鹊，在家乡称之为老鸹和雅鹊，它们之间想必有着某种神秘的联系。徐鼎《毛诗名物图说》云"纯黑者谓乌，小而腹下白者谓雅乌"，似乎说的就是老鸹和雅鹊。

　　枯藤老树昏鸦，小桥流水人家，这词特江南，乌鸦也是点缀乡村晚景的一个典型元素，这可能源起乌鸦和喜鹊、麻雀相似，都是常在人类身边生活的"亲人鸟"。而今，喜鹊和麻雀还在人们居住的领域叽叽喳喳嘻嘻哈哈着生活，唯独乌鸦却少见了。我想乌鸦本身改不了亲人的秉性，实在是深受迷信荼毒的人不愿意接受乌鸦而已。坦白说，让我在家门前的树上，选择一种鸟居住下来的话，我也只会选喜鹊。

"乌鸦嘴"是个贬义色彩很浓的词汇，而长一张"乌鸦嘴"的恰恰是人类。以下引文较多，旨为一个普通生灵平反，我尽量不用得太累赘：从《诗经》起，《北风》里就有"莫赤匪狐，莫黑匪乌"，但这似乎又与中国传统文化有点矛盾。在唐代以前，乌鸦在中国民俗文化中是有吉祥和预言作用的神鸟，有"乌鸦报喜，始有周兴"的历史常识的传说。汉董仲舒在《春秋繁露》中引《尚书传》："周将兴时，有大赤乌衔谷之种而集王屋之上，武王喜，诸大夫皆喜。"古代史籍《淮南子》《左传》《史记》也均有名篇记载。唐代以后，方有乌鸦主凶兆的学说出现，唐段成式《酉阳杂俎》："乌鸣地上无好声。人临行，乌鸣而前引，多喜，此旧占所不载。贞元十四年，郑、汴二州群乌飞入田绪、李纳境内，衔木为城，高至二三尺，方十余里。纳、绪恶而命焚之，信宿如旧，乌口皆流血。俗候鸟飞翅重，天将雨。"唐以后发生了什么？宋人朱熹在《诗集传》里开始了"乌鸦黑色，皆不祥之物，人所恶见者也"，然后一张张"乌鸦嘴"开始了：郑《笺》"赤则狐也，黑则乌也。犹今君臣相承为恶如一"。孔颖达《疏》"狐色皆赤，乌色皆黑，以喻卫之君臣皆恶也"……《诗经》的起兴修辞被发挥得淋漓尽致。

近日读《朝闻道集》，仿佛捧着一颗拳拳滚烫的中国良心，周有光老先生对复兴东亚文化的源头——以儒学为中心的华夏文化提出了现代化，在对儒学内容的继承上表明了三种态度：对现代有指导意义的，从之；原理对、具体不对的，改之；不合现代要求的，弃之。我以为，教育归教育，科学归科学，童话、预言这些文学样式已有承载教育的功能，有些教育却起到了误导的作用。比如提到"孝""礼"，基本引以"乌鸦反哺，羔羊跪乳"。忠孝仁礼信固然是中国好的传统，有学者就指出"将鸟类的这种行为模式解释为报答母恩，是中国特有的一种道德绑架模式"。

我想，小羊羔跪着吃奶这种日常生活习性大概是母羊乳头的位置和小羊的身高决定的，至于乌鸦反哺，据我所知所有鸟类都不会反哺，乌鸦也不例外。有一说比较合理，乌鸦反哺是古人对这种鸟在习性上观察失误造成的，乌鸦幼鸟会从成鸟口中啄食，而在会飞之前，幼鸟羽毛蓬松，看起来比成鸟还要大，人们错把幼鸟和成鸟的角色看错了。所以读到《本草纲目·禽部》中记载"此鸟初生，母哺六十日，长则反哺六十日，可谓慈孝矣"时有点发笑，我也第一次对李时珍打出了一个问号。

我的小学课本上有一则《乌鸦喝水》的故事。一只乌鸦口渴了，到处找水喝。乌鸦看见一个瓶子，瓶子里有水。可是瓶子里水不多，瓶口又小，乌鸦喝不着水，怎么办呢？乌鸦看见旁边有许多小石子，想出办法来了。乌鸦把小石子一个一个地放进瓶子里。瓶子里的水渐渐升高，乌鸦就喝着了水。《伊索寓言》具备了教育和科学并举的功能。关于乌鸦的智慧，据埃菲社的一篇报道，一只名叫贝蒂的雌性乌鸦为这一结论提供了论据。现供职于英国牛津大学的阿根廷生物学家亚列克斯·卡采尔尼克在对贝蒂的观察中发现，面对研究人员事先放在它面前装有食物的试管和一根直直的金属丝，贝蒂竟然想方儿将金属丝的一端弯成钩子形状，并用钩子把试管里的食物掏了出来。证明了乌鸦是聪明的。为了谨慎起见，卡采尔尼克又进行了多次测验。但贝蒂在十次测验中有九次都成功把食物弄到了嘴，有时是用嘴把金属丝弄弯，有时则在金属丝上嘬出一些凹孔。卡采尔尼克说："乌鸦会本能地利用工具找出解决问题的办法，这种行为在动物中比较少见，这种能力甚至胜过成年黑猩猩而更接近于人类。"

可无论怎么解释，这两种生命平等、品性相异的鸟在中国民间还是受到了截然不同的待遇。你看这鸟吧，除了谷物、果实、昆虫，还嗜食恶臭的腐肉（人们只知道反感却看不到这种环保主义行为）。它嗅觉灵敏，一闻到腐肉味，会在乡下的新坟旁呱呱乱叫，加上它阴森森的一件黑衣，更给人不祥不适之感。它一叫，我就听奶奶说，老鸹叫了，要出事了，分明不是清晨喜鹊叫时她说有亲戚要来了的口吻和神情。

乌鸦已是乡下很少能见到的鸟。以前，村子里还有什么死猪、死猫的扔在河边，乡下也没什么野生动物可以容身的地方更谈不上有自然死亡的尸体了，加上老人过世后火葬的方式已经取代了墓葬，它嗅不到喜欢的来自死亡的腐烂气息了。乌鸦想想温饱和美食的生活品质问题，想想也厌倦了人们的冷脸冷眼，于是自觉消失于江南。它可是聪明的鸟啊。

白　鹭

　　我想，有鸟愿意留下来生活的地方肯定是个好地方。

　　去江南小镇嘉泽寻访闵浩焕老人的庄园，我几乎怀有朝圣者的虔诚。走进由高大雪松、水杉等三百多种树木组成的小小森林，世界的浮华与嘈杂一下子被关在了外面，这里只剩下鸟的声音，此刻连天空也显得次要。

　　我做梦也想不到，这辈子能够见到这么多的鸟巢，并且还是在我的故乡。笔直的水杉上，鸟巢沿树主干而建，一层层地直抵云霄；宽大的雪松上，则整个铺满了沉甸甸的鸟巢，我真是数不过来，一棵雪松会有四五十个，不，七八十个鸟巢吧。这里是一个被幸福陶醉得差点眩晕的世界，我连呼吸都控制到最细微的程度，生怕惊动了它们。

　　那幢三层的江南民居，有闵老搭建的简易观鸟台。站在通透的观鸟台上，我更是惊诧了。你见过六月的雪吗？我第一次见，略有登高放眼望去的五十多亩园囿，所有的树种似乎变成了同一种树：玉兰树。无以数计的白鹭点染其间，就像盛开的玉兰花。

你近一点仔细观望，毛茸茸的幼鸟的羽翼慢慢变得丰满；你再近一点仔细观望，还有幼鸟正破壳而出，你会为另一个物种生命的温暖感动得落泪，母亲，在哪儿都是一个伟大的称谓。是的，进这幢小楼时，我就看到了一张为之敬畏的照片：闵老正细心地给一只受伤的小猫头鹰喂食。

我扭头看了一眼这位善良的老人，他正投入地教我辨认哪种是大白鹭，哪种是小白鹭，他手指的方向里，还有夜鹭、池鹭、黄嘴鹭、牛背鹭、黑鹳……暴风雨刚过，有许多鸟蛋掉落了、许多幼鸟摔死了，看着他如白鹭父母般同样心碎的神情，我把他的姓看作"悯"。

闵老还养了四十八条狗，这样一个具体的数字，其实涉及另一组数字：每年来这里生活的鹭鸟已有两三万只。这些狗和闵老以及他的爱人，守护着这片小小的树林，以防打鸟的人和偷鸟蛋的人。说到这里，我记得有年在太仓吃饭，同行者赞叹这鸽子汤做得极美。主人立马纠正，这是白鹭。我不吃鸟，所以弄不清鸽子与白鹭之间肉质的区别。我只是觉得，看鸟张开翅膀飞起来比吃它要幸福得多。我吃过白鹭蛋，原以为白鹭蛋是湖边捡来的，如此才明白捡与偷之间，还有那只伸出的手的道德标尺。

说起闵老的爱人，我必须诚实地记录一个故事：闵老曾沿着小树林挖了一条护林河，机械作业惊动了那些鸟儿，原本想给它们一个更安全的生活环境，没想到一夜间鹭鸟飞得只影全无。老两口急得茶饭不思。于是往金坛、溧阳、宜兴一带找寻它们，闵老的爱人用吴侬方言一路叫喊着"白鹭，回家"，你相信世间有神奇的事情吗？两三天工夫，那些鸟儿陆续飞了回来。我相信的，因为整个嘉泽处处园林苗圃，这数万只鹭鸟每年从海南、菲律宾、新加坡等地越冬飞回来，只栖息在闵老的五十亩树林里，哪怕一河之隔的其他树林，也没有停留一只。而且，数万只鸟儿在树林里飞来飞去，鸟粪洗白了那些树叶，这幢居住人的小楼屋顶，鸟粪片瓦不沾。

　　没有财富可以买来鸟儿的信任和尊重。

　　快二十年了，闵老已经谙熟鸟儿的习性。这五十亩所谓的树林原本是以做绿化生意为基地的苗圃。这么多年，这位老人没有再卖过一棵树。白鹭和人一样，有家族性。比如其他树种筑巢大概需要两百根树枝，雪松因为枝干平整只需要五十根左右，于是白鹭最爱在雪松上安家。一棵雪松上一般筑巢六十八至七十个，差不多就要把雪松压塌了。白鹭在大风里能够稳稳地随树枝摇摆而不吹散，可以想象它爪子的锋利和力量。一棵雪松七十个鸟窝，就有一百四十只白鹭，两百八十只脚。它们生蛋少的有三只，多的有九只，平均六只的话，又有四百二十只小白鹭的出生，八百四十只脚的停留。

那么一棵雪松就有一千多只鸟爪的负担，松针几乎被抓得掉光了。

这位老人不再卖一棵树，卖掉一棵树，一个白鹭的家族就会飞走再也不会回来。他想的是留住它们，一对鸟夫妇每日来往于附近的长荡湖、西太湖、天目湖捕捉鱼虾喂养幼鸟是那么辛苦，而且一对成鸟的抚养能力基本上是两只幼鸟，如果有五六个鸟宝宝的话，就必定会有因食物供给不足夭折的……老人每天早晨四点起来，做好四十八条狗的早餐，然后去菜场收购上百斤小鱼小虾，放进护林河里，鸟夫妇们艰辛之余稍微缓了口气。

老人留住了那么多的鸟，鸟儿们仿佛也和他有个约会。过了冬至才飞去南方，而清明刚过就重新飞回来。它们还捕食着方圆百里的害虫，嘉泽的草木日益葱郁……"对我们这些少数人来说，能够有机会看到大雁要比看电视更为重要，能有机会看到一朵白头翁花就如同言论自由一样，是一种不可剥夺的权利"，我想起生态伦理之父奥尔多·利奥波德跨越国界和地域的思考：你，或者我，是不是还属于那种"少数人"呢？年逾古稀的老人只想和鸟共度余生，他担忧的是越来越多的白鹭在这个悲伤的时代，怎么生活下去？

唯有田园，方可重温《诗经》里的"振鹭于飞，于彼西雝"。

鹌　鹑

　　眼前浮现出彼·杰多夫描绘的库伦达草原的迷人景象：天气温暖宜人时，月夜与非凡的宁静融为一体，黑麦田里一声鹌鹑的鸣叫，隔着数俄里远，都可以听见。蔚蓝的寂静有一种魔法，使人开始感觉，云霄里的微绿色星星在互相碰撞，发出水晶玻璃般清脆的声音。

　　一个陌生的苏联作家名字，一个陌生的方位，多少年过去了，那片草原的彼时之景是否依然如此呢。我，一个同样热爱文字的中国青年公民，此刻坐在书桌前，翻阅完《魔笛》感慨万千，随手又翻起中国汉语长河的源头的那本书，"鹑之奔奔，鹊之彊彊。人之无良，我以为兄。鹊之彊彊，鹑之奔奔。人之无良，我以为君"，那位女子见到的是居则常匹、飞则相随的鹌鹑，若见到的是关在笼子里的鹌鹑，怕是她也不会在唾弃一个坏男人时说他不如鹑鹊了。鹌鹑，看起来住在诗里要比住在大地上幸福得多。

但，大凡《诗经》中描述过的动物是第一批上餐桌的。战国时，鹑已被列为六禽之一，成为筵席佳肴。但史料记载，早期驯养鹌鹑并非为了食用，而是赛斗。我只是听说过斗鸡、斗蟋蟀的，倒没听说斗鹌鹑，更不知道斗鹌鹑的历史在唐朝就有了，难怪元杂剧里已有"斗鹌鹑"这样的曲牌。至今，山东、皖北民间等地还有斗鹌鹑的风俗。

我觉得中国人在吃喝玩乐上尤其有学问，真是泱泱大国，地大物博。清朝康熙年间贡生陈面麟著有《鹌鹑谱》，书中分别对四十四个鹌鹑优良品种的特征、特性做了叙述，记载详细到养法、洗法、饲法、斗法、调法、笼法、杀法等均有。原来鹌鹑也像鸽子一样，也有玉眼、黑眼、五色鹭、红眼、鹰眼等众多名目。

我从不吃鹌鹑，却喜欢吃鹌鹑蛋，不是放火锅里烫的那种。我喜欢煮熟，敲碎壳，加料酒、酱油、茴香、盐，煮久些，就更入味，下酒是道好菜，也能填肚子。鹌鹑蛋也好看，棕褐的斑点，有泥土的质感。与玉一般的鸽蛋摆一起，仿佛两个椭圆形的词语：下里巴人和阳春白雪。和煮鸽蛋也完全不一样，鸽蛋取嫩，含嘴巴里就化了，一盅鸽蛋还要配上虫草和乌骨鸡。

我说喜欢吃鹌鹑蛋，也基于一定的物质条件。菜场上，一枚鸽蛋三元，一枚鹌鹑蛋二毛，这账谁都会算。对我而言，一枚鸽蛋只是零食，二十枚鹌鹑蛋却兼了下酒和饱肚子。只是其间有个弄不明白的营养学问题，感觉像拿一美元和一百元人民币，买同样一斤中国猪肉。

卖鹌鹑的地方，我一般都是扭过脖子绕过去的。想想无趣也荒唐，如此古老的鸟，居然没有在这片土地上见过野外的"鹑之奔奔"。第一次好好看鹌鹑，是隔着厚厚的玻璃，一条黄金蟒已经吞掉了半只鹌鹑。还有两只活的，躲在角落，瑟瑟发抖，耷拉着脑袋，那眼神是绝望的，那绝望像个说不清底的洞。等这两只被吞了，又有鹌鹑补进去，它们永远保持这样的眼神。你愿意经常看这样的眼神吗？蔡京一顿鹌鹑羹要用掉上百只鹌鹑，因为鹌鹑的舌头是他的最爱。

鹌鹑没有诗里的幸福，也没有画里的好看。中国的吉祥富贵梦让传统花鸟画的风格也喜取美好的寓意，鹌鹑有"安"的谐音，所以以鹌鹑入画的屡见不鲜。陈之佛的《秋谷鹌鹑》，意在"安和"；崔悫的《杞实鹌鹑》意在"祈安"；周之冕的《菊花鹌鹑》，意在"安居"……因了寓意美好，所以笔下的鹌鹑也多是没心没肺的雍容和安逸。读李苦禅的《鹌鹑》图，画上一段挺有意思的题识，倒可看作他画鸟的心得："鸟类，卵生。画法因之而出雏形。既先卵之观念造形，两端添以头尾，以凑出鸟之形。凡鸟类，无拘大小，枕以此法，例之可矣。"

与众不同的还是八大山人的两只鹌鹑，各立一足，白眼向天，倔强又透露出淡淡的清苦气，八大题诗：六月鹌鹑何处家，天津桥上小儿夸；一金且作十金事，传道来春斗蔡花。这诗我还真没读懂。印象中，许多诗里曾写到这座洛阳的天津桥，比如唐代诗人元稹写那个从驰骋沙场的战将到投身佛门的智度禅师"天津桥上无人识，闲凭栏干望落晖"，有点我的乡党黄仲则在一七七三年除夕"悄立市桥人不识，一星如月看多时"看破功名的味道。八大的诗里却隐约有股反清复明的斗志气扑面而来，那诗我确实看不懂，大概和明亡后这位明朝宗室的独立和傲骨有关吧。八大就是个谜语，今人又怎能猜得透他彼时的心思呢。

　　我只是觉得那两只黄金蟒身边的鹌鹑，它们无助、绝望的眼神倒滑出两行辛酸的诗句：人为刀俎，我为鱼肉。

鹰

孩子想画只鹰，铺好纸，从一堆彩笔里找出棕色的那支，他说，感觉用棕色好。我问他见过鹰吗？他说，《动物世界》里见过。我又问远方的雍措，你那里有鹰吗？雍措说，有，鹰在藏区是精灵，神圣的象征。我这一问，有点儿故意，南方大雪遮掩不了的是高高的工业，贡嘎雪山下的她远远比我富有。有所感叹，孩子画画时我写了半首《傍晚》，"去神山吧/交上我的戴罪之身/听听鹰的教诲/拜拜那头孕中的羚羊/雍措，你知道吗/阿妈酿的青稞/可能是我寻找多年/可以守护我的佛/天冷了/孩子在为花开鼓掌/他还想给蚂蚁/送点吃的东西"。雍措，孩子让我晓得，人真可以"生如蚁而美如神"。

鹰住的地方，那是神的寓所，那有最远古的村庄、最远古的祖先，他们互相敬仰，彼此守护。那里，石头上可以开出花来。"神鹰啊，神鹰啊"，我听见热血澎湃的字母在舌尖上跳跃，鹰在盘旋。

《卡瓦格博》劝导我们，并不是所有的高山都可以攀登，并不是所有的河流都可以游泳。年少时读到"没有比人更高的山，没有比脚更长的路"会很激动，待有了积累，才知道那些格言与叩一个长头都无法相提并论。还有无知者，借助火车在调侃"只一泡尿工夫，黄河已远去"，我就当你膀胱好吧。雷平阳的态度我比较认同，"在日照，从来没有如此奢华过，洗一次脸我用了一片汪洋"，人不可无敬畏之心。

曾以为平原上没有鹰，我自卑地觉着平原小得不够它一个展翅和俯冲！它的身影总是与安第斯山那样的翻译体地名面庞挨在一起。米斯特拉尔说："我曾看见它在安第斯山上飞翔时的英姿，但一想起它那伟大的飞翔不过是为了一块峡谷里的腐肉，我的激情便顿时消失了。"这似乎与布封的观察有大出入，"鹰即使饥饿难耐，也决不会扑向动物的尸体"。后来我明白了，智利国徽由兀鹰和美洲鹿组成，象征暴力与宽容。米斯特拉尔作为女性，并不想厚鹿薄鹰，她大致要这样告诉孩子们：美洲鹿是一种敏感而小巧的动物，和羚羊有着亲缘关系，这就意味着与"完美"二字有着亲缘关系，它的力量在于机敏，灵敏的听觉，全神贯注的水灵灵的目光……在我看来，她想说的是那柔美的维护和平的智慧。

因写啄木鸟查阅资料，出乎意料的是在我出生的地方，在它消失二十年后，我出生了。并且还有一连串的名字那般真切也曾是故土的主人，我有点热泪盈眶。我的头顶上原本也可以有一只鹰的，哪怕个头小点，它起码不是我手握尼龙绳牵住的"鹞子"，而是暖心的玩伴。可以像"小嘿"一样，一个送我上学，一个接我放学，没有大孩子有胆子欺负我。

鹰和犬，人类生存结构里的共同体。田猎中，人们对它们饱含感情，反而人与人之间的"鹰犬"之用，才做得那么忘恩负义，"狡兔死，走狗烹"的悲剧人物真是数之不尽。人们还总是那么刻薄，比如《古今杂剧·聚兽牌》就可以看见有个人手一指，"他须是鼠窃狗盗无知辈，雕心雁爪无恩义，鸡肠蛇腹为奸细"。明明人骂人，还要绑架一大堆无辜的动物。鹰的心和雁的爪，哪里心狠手辣了呢？

隼，雕，鹞，鸢……鹰是隼形目大家族。世界猛禽排行榜上，第三名是角雕，第二名是金雕，第一名是虎头海雕。据说金雕对付不了大马哈鱼甲胄一样的外皮，虎头海雕却能将其轻易啄开。在亚洲中部的广大土地上居住着古老的游牧民族——哈萨克族，性格豪爽的哈萨克人除了畜牧也是捕猎能手，他们传统的捕猎武器除了狗还有猎鹰。冬季出猎时，哈萨克猎手身跨骏马，手托金雕，放马奔驰于皑皑白雪上。"训练一只好的金雕足以养活一整个家庭""只有最好的马和最强的雕才能成为哈萨克族人最有力的翅膀"……

在阿尔泰山脚下，哈萨克族利用金雕捕获猎物作为食物和皮草来度过寒冷的冬天，因为鸟与人的关系是有限的，那也得靠缘分。传统规定，在效忠数年后得把鹰放归自然，万事应有终结，并且，驯鹰这种技艺只在父子间传承。驯鹰家族的老人感叹，如果由女人来驯服鹰是对鹰的耻辱，女人适合在家给奶牛挤奶，加工牛奶，制作酸奶。可有个姑娘阿莎潘，过几个月快满十三岁了，因为长大想当医生，成绩也特别好，后来只盼望做个女驯鹰师。她羡慕父亲纳盖夫在那个古老家族里曾两次获年度驯鹰师大赛冠军、无数次跻身前五名。父亲觉得她也有当驯鹰师的基因，一个人若要达成梦想，家人的支持尤其重要。阿莎潘在悬崖上找到了属于自己的三个月大的鹰，那鹰是令驯鹰师家族的老人都嫉妒的品种，叫冰脚，她与鹰的缘分开始了，并在不久后的年度驯鹰师比赛中以五秒钟之内人与鹰之间的默契回应打破了哈萨克传统纪录。阿莎潘也印证了哈萨克老话"一个婴儿在床上看到了什么，长大了也就成了什么"。第一次狩猎，阿莎潘和她的鹰出色地取得了收获，虽然在鹰与狐狸的搏斗中，我有点为那只失势的狐狸难过，但"呼咔"的声音如天籁，传奇般地萦绕在阿莎潘红扑扑的脸蛋左右——你可能想不到鹰的眼睛也可以那么天真如孩子，扑闪扑闪的，如期末考试拿了"优"的儿子，在我面前摆出小小的得意。

　　飞驰的骏马在万里冰原不过如一只蚂蚁。驯鹰并不是对鹰的不敬，那是人的无奈，求助于鹰与犬的高度和速度，才可以过得更加好点。如果你去看《最后的猎人》《快乐的人们》又或者我所说的这部《金雕女猎人》，几个画面后，你会由此感动，也许还为之落泪，人与猛禽间可以存有如此和谐的情感。从此，我是不愿当"射雕英雄"的，也对"一箭双雕"的技艺嗤之以鼻。

记得写《鼹鼠》时，我，一个三十四岁的男人在彩色电视机前重温了《鼹鼠与鹰》的故事；写《鹰》时，我，一个三十九岁的男人在彩色电视机前又重温了《鼹鼠与鹰》的故事。可否不去把它那钩状的喙与钢铁般的利爪联想到残暴标志呢？我再简单叙述几句那个温情故事：鼹鼠保姆般地养大了小鹰，小鹰长大了又救过鼹鼠，鹰恋爱了，鼹鼠为它的离开难过，谁知鹰带回了爱情的结晶。鼹鼠的小推车里坐着三只小鹰，它又有了"咯咯"的笑声，过上了老奶奶般照顾自己孙儿的日子。

神鹰来了。我看见了微笑，甚至看见了哈达，不由静下心来，尽力把文章写得斫雕为朴些，像雪山那般无可点染（结束此文时，凑巧雍措发来《天空之城》，色达上空风起云涌，众鹰高飞，我的这些文字在转经筒前，是那么多余、无力和惭愧）。

猫头鹰

写了很多年诗，许多故乡的鸟兽虫鱼都在我的诗里住过，好像没提到过猫头鹰。我是不喜欢它吗？事实上，当我再次翻开一九八八年版的《武进县志》，这片土地上记载的三十三种叫得出名字的鸟类中，有猫头鹰，可我小的时候确实没见过。县志里说，一九八〇年后，因掀起"捕蛇热"且忽略对猫头鹰、黄鼠狼的保护，田鼠剧增。爱人与我同龄并出生于同一片土地，我问她见过猫头鹰吗？她回答没有，只是在电视里见过。

我突然有了这样的想法，在一根树枝上，搂着猫头鹰的肩膀，我俩荡荡秋千，过几天它过的生活。

为什么呢？人们喊猫头鹰夜猫子，熟悉我的人也喊我夜猫子。

我说这些无非是与猫头鹰的一个习性套近乎：爱白天睡觉。

有人说猫头鹰是猫科动物，猫科动物是有四条腿的，它当然属鸟纲。猫头鹰的面盘子与耳羽使它的头部看起来和猫极其相似，只是长了鹰的嘴及爪子。我见过一组画面，两个山村的小伙砍了树干，一头削尖，掷中了白天在树枝上睡觉的猫头鹰。他们三下五除二拔光猫头鹰的羽毛，生起火来烤，一烤，鸟的样子就完全出来了。

猫头鹰以老鼠为主食，也吃昆虫、蜥蜴、小鸟和鱼。老鼠和鱼，猫当然是爱吃的，我小时候家里就养猫，猫吃不吃蜥蜴、昆虫我倒是没有注意过。我也喜欢吃鱼，小鸟偶尔吃吃，比如炖鸽子、卤鹌鹑。昆虫嘛也曾赌气似的强忍着嚼了几只油炸知了，蜥蜴就不说了。我怎么在和猫头鹰比口味了呢？我可能有点喜欢它了。

猫头鹰昼伏夜出，露面时多是月黑风高，几声诡异的啼叫，气氛不是太好。猫头鹰有几十种声音，我也只是在纪录片或影片里听过，"咕咕咕""欧欧欧""呼呼呼"等等，还有一种类似笑声，大白天听起来都有点毛骨悚然。

猫头鹰的老名字很多。有鸮，比如孟郊的"鸱鸮鸣高树，众鸟相因依"，比如元稹的"蜉蝣生湿处，鸱鸮集黄昏"。有枭，刘向《说苑》里有个《枭逢鸠》的故事，说的就是猫头鹰的声音问题。猫头鹰遇见了斑鸠，斑鸠问它："你要到哪儿去呀？"猫头鹰说："我准备搬到东边去。"斑鸠问："为什么呢？"猫头鹰说："村里人都讨厌我的叫声，因此我想搬到东边去。"斑鸠说："你改变叫声，就可以了。要是不能改变叫声，即使搬到东边去，东边村里人照样

猫头鹰

讨厌你。"

　　这场景看起来，猫头鹰就是一个委屈的孩子，斑鸠则是一位语重心长的长者。斑鸠讲得似乎很有道理，却傻得很，我们老是用这种傻道理来讲道理，到最后，变得一点也没道理。万物有灵，各有其貌。不光是声音，猫头鹰的眼睛也不像别的鸟那样长在两边，而长在头部前方，因此它们若要全方位观察四周情况时，只能不停地转动脑袋。

　　我爱读古籍里人们称之为异鸟怪兽之类的文字。以前读《太平御览》，说到一种"鸜鸧"的鸟，这两个字我不认识，一点找不出它的样子来。《尔雅》说鸜鸧也叫鵂鶹，到《博物志》曰："鵂鶹一名鸱鵂。昼日无所见，夜则目至明。"这鸟的模样也慢慢清晰起来。

　　鶹是鸱鵂的一种，鸟字旁中与"留"字组成的唯一性，让我确信它是一种留鸟。麻雀、喜鹊、猫头鹰……我喜欢所有的留鸟，从出生就不离开故乡。

蜗　牛

感谢那只《蜗牛》，漫漫《浮生》中，自织草鞋《笑傲江湖》，空了那只葫芦又奈何？——有个朋友读了我的四首诗后说很是喜欢，并以"我束发仗剑/自织草鞋/三招破风尘/仰头空了那只葫芦/哪怕已下鹤顶红"中的句子串起诗题编了以上这段话。

一只穿了草鞋仰头豪饮的蜗牛，多么新鲜，让我惊叹的是他居然无意间塑造了生命史上的独特形象。可爱的蜗牛，我的当代侠客。看来，每个人都天生存有诗意，心里都可以住下童话。

快四十了。再读一〇八二年苏轼被贬黄州时写下的《满庭芳》深有感触，时年他四十五岁。"蜗角虚名，蝇头微利，算来着甚干忙"，"江南好，千钟美酒，一曲满庭芳"。他是读过李白《襄阳歌》的，"百年三万六千日，一日须倾三百杯"，是啊，人活一百岁，天天醉饮也就醉三万六千次，那还得从生下来那天不吮乳汁直接饮酒算起。他也读过《庄子》，庄子的想象力我是极佩服，他有个寓言很是神奇：有两个国家建立在蜗牛角上，右角上的叫蛮氏，左角上的叫触氏，双方常为争地而战。看来蜗牛尽管有壳、肝脏、肺、肛门、呼吸孔、眼、触角、脑神经节、唾液导管、口腔、嗉囊、唾腺、生殖孔、阴茎、阴道、黏液腺、输卵管、矢囊、足、胃、肾、外套膜、心脏、输精管，在庄子和我眼里，整个蜗牛似乎只剩下了"触角"。

它像个东张西望的孩子，背了只黄色帆布包，慢悠悠地放学回家。它不用穿草鞋，用肚皮走路，很是淡定。它有几万颗牙齿，却很可怜，蟾蜍、龟、蛇、刺猬都可以欺负它，这我相信，但说萤火虫的主食也是它，我有些惊讶。如此美丽的两个乡间童话，一旦相遇了，就有了破碎。

有人说，到法国不吃焗蜗牛就像到中国不吃红烧肉一样。法国人其实吃的是一种螺，叫负壳蛞蝓，因为西方语言不分水生的螺类和陆生的蜗牛。没有壳的蛞蝓你知道叫什么吗？小时候潮湿厨房里，会有一种恶心的鼻涕虫沿灶壁慢慢粘上来，爬上锅盖，奶奶会往它软绵绵的身体上撒些盐粒，它，完蛋了，它叫蜒蚰——发出这两个音，我依然会起鸡皮疙瘩。

李商隐有"自喜蜗牛舍，兼容燕子巢"句，古人喜欢谦称自己的居所为蜗舍，其实住得很是宽敞，与现在的蜗居完全不是一回事。一间小小的屋子里，可能住上来自十几二十个省份的年轻人，

蜗　牛

下铺山东，中铺甘肃，上铺山西，这个小屋装下了大半个中国的好梦，他们却过得很疲惫，没心思去写诗。在他们的故乡，保存着李商隐诗里温暖的结构，老家虽老，燕子一家却从不嫌弃。

多年前，我就写《睡吧，我的村庄》"如果我和蜗牛一起出发/如今尚在三五岁模样"，再写《蜗牛》时多了感伤，"如果在蜗牛的家族/一颗露水/足以喝上几个下午茶/一畦韭菜/足以远眺森林/一只老奶奶的布鞋/云般越过天空/葡萄快熟了/黄鹂鸟别笑我/我们的夏天不一样/我有快乐，也有恐惧/长不大/永远是个孩子/天黑了，迷路了/探起触角喊着妈妈/三十多年过去了/我用慢/留住了故乡"，儿歌永不老去，老去的是妈妈，是我。很羡慕那只小小的蜗牛，走到哪都可以背着出生时就住的房子，仿佛一生没离开家门。

蜗牛是不用穿草鞋的，倒可以在一只草鞋里住下来。草鞋里还藏了颗种子，春天的时候，它发芽了，长出嫩黄的椭圆形叶子。蜗牛睡醒了，看到这些特别快乐，它爬上叶尖喝了口香甜的露水，唱起歌来。趁它唱歌，让我们一起来数牙齿：一，二，三，四……数到天黑都没能数完呢。

树　牛

与"蜉蝣"差不多，我的父辈们几乎不认识"蝤蛴"两个字，我的同辈也未必读得出来。"未必蝤蛴如素领，故应新月学蛾眉"，我起初也不晓得说的是什么东西，只大概猜得出是一种虫子。

可有时候吧，错觉也多，比如看见"飑蠡"二字，以为一大群虫子在爬，实则是舀水的瓢。汉字一不小心，就让你给闹笑话。

这么说吧，我看见一只黑背白斑的水牛晃啊晃地像要跌落，其实就是在跌落，我连忙伸手去拉正要跨下一步的伙伴，一声"小心"未能挽回我估摸跌落到地的生命，只听见清脆的"咔嚓"，那只可怜的水牛一命呜呼了。

我说的水牛不是耕田拉车的反刍类庞然大物，它是鞘翅目昆虫，学名天牛，是个小不点，两只触角比身体还长，像京剧里旦角花冠上两条不时抖动的须。天牛叫成水牛也是令人费解的事，至少我的印象中没见过天牛在水里活得多么欢畅。"水"和"树"的方言发音在我们那是一样的，所以喊这种昆虫"水牛"，后来发觉有"树牛"的喊法，感觉更妥帖些。苏轼有首诗"两角徒自长，空飞不服箱。为牛竟何事，利吻穴枯桑"，诗名《天水牛》，干脆把天牛和水牛的两种叫法中和了一下，更让人觉得怪怪的。

读了苏轼的诗倒也明白了个事，小时候捉树牛大都是从桑树上捉来的。这家伙飞起来也确实笨拙，你跟着它跑一阵就可以伸手把它拍下来，一个踉跄后，你就揪住它两只长触角，它会发出"嘎吱嘎吱"的声响，个头虽小，挣脱逃命你却分明感觉到它有股牛一般的蛮劲。特别是一张一合剪刀般锋利的上颚，令人心生几分畏惧。我是从未被它咬到过，但也有不幸的伙伴，小指头上会咬开一个口子。于是，他会狠狠地把它往地上一摔，摔得树牛带盔甲的翅盖散了开来，他还不解恨，拎了块砖头把它砸成碎末。

其实树牛挺漂亮的。水乡常见的有两种：个头大一点叫黄树牛，通体暗黄，颜色不是多鲜艳，像打过蜡一般，属于耐看的色调；还有一种我不知道叫什么名字，就是被我那位伙伴一脚踩死的那种，个头比黄树牛小一号，通体黑亮，背上布满白色斑点，看起来比较明朗。树牛的触角上也有斑点，清晰地把"线条"隔成一截一截，所以我们捉到树牛总是先数数，一截代表一岁，看谁捉到的树牛年龄最大，好玩的是这样的比赛也能带给我们好些快乐，以满足儿时对胜出的渴求。

树 牛

至于树牛的美到若干年后才让我觉得不可思议，我见别人写一个美人时就喜欢引用《诗经·卫风·硕人》里的"手如柔荑，肤如凝脂，领如蝤蛴，齿如瓠犀"，这美人美得过于完美而摄人心魄，却并不晓得这蝤蛴就是树牛的幼虫，用来比作美女色白丰洁的脖颈的，知道了这一比喻后我倒不敢再轻易引用，因为儿时的贪玩实在没在意过树牛的脖颈真如这般描述。其实《卫风》属于北地民歌，他们见到的蝤蛴是另一种虫子蝼蛄，在南方喊"土狗子"，幼虫生活在土里，白白胖胖的，俗称"土蚕"，倒像美人的脖子。真是树牛细长且毛茸茸的脖子，那个贵妇人就显得很遗憾了，围个围脖才会出门。

回过来再说说苏轼的那首诗，整个讥讽的强调，说树牛冒着牛的名声，不做耕田犁土的好事，以桑树为食而致桑树的枯死。我总觉得人是挺可笑的，人本身都具有两面性，难以定论为好人或坏人，干吗非得把一只无辜的昆虫判为益虫和害虫。漫长历史里，人的一生仅如白驹过隙，即便从整个人类历史的角度来看，树牛应该先人类而生。那时候大自然虽同样弱肉强食，可比人类出现后简单多了。旷野里，树牛为解决温饱问题啃食几片植物的叶子也是天经地义的事。树牛和耕田的水牛都是植食性动物，要比肉食动物可爱善良得多。自人类所谓的文明进程开始后，人变得过于霸道，俘虏牛了，赞赏它一番，因为站在了自己的利益一方。种桑了，好像桑树也姓"人"了，树牛怎么还能来碰一碰？

一部《蚕桑提要》详细地叙述了杀死树牛的种种方法，听起来多么多么智慧，我觉得有点恬不知耻。万物共存，这世间才会充满生趣，人类若继续不给其他生命一点包容，我断言我的族类最终会孤独地死去。

萤火虫

读庾信《对雨》一诗，把"湿杨生细椹"与"烂草变初萤"并列归之为生命孕育的过程，前者倒还有诗般的美妙意境，后者就显得可笑了。尽管从数十亿年时间角度来看，生命原始于单细胞的藻类，可此处把萤火虫的出生来历归之于烂草，这生物界两大门类间的生命置换与蜕变还是令人不敢想象的。事实上萤火虫在夏季喜欢随处产卵，有时地面，有时草叶，幼虫入土化蛹，次年春变成虫。真不知柳宗元为何还有"木朽而蝎中，草腐而萤飞，是岂不以坏而后出耶？物坏，虫由之生"这样的《天说》。

我追到一只萤火虫时，常常愤意盎然，心想你这小不点跑什么跑。萤火虫不说话了，我把它往水泥地上一摔，用脚一踩迅速一拖，碾碎的萤火虫在水泥地上留下一道绿莹莹的线，随即慢慢变暗消失。第一次发现如此奇妙的乐趣后，我练习多遍，并洋洋得意地示范给身边的伙伴，如何掌握技巧把那条绿莹莹的线"画"得长些。

萤火虫

现在想想，那些记恨我的萤火虫也许会以亡灵诅咒我的。

那时候晴朗夏夜的乡村是不需要屋子的：劳作归来的人们拾掇一下身上的泥巴，就把堂屋的八仙桌搬到自家门口的露天水泥场上，一家人围在一起共进晚餐，家长里短，耕作打算。这一家甚至能听到另一家在说些什么，乡村的夏夜好像没什么秘密。兴致来了，另一家就有人"行饭碗"［苏南称端着饭碗走东串西为"行（读hāng）饭碗"］凑到这一家桌上。萤火虫就在你身边飞来飞去，你拿把扇子扑打一下，这家伙就没头没脑地掉到地上没了动静，老长一阵子才能看见地上又闪啊闪的，似乎刚喘过气来。吃完饭就把桌子一收，两张长凳架起一张竹板床，铺上篾席，四根竹竿撑起一顶尼龙蚊帐，这是夏夜村庄的另一道风景，纳凉人摇晃着蒲扇，享受偶尔路过的几丝惬意的晚风。我等少年总是按捺不住草木丛中一亮一暗的诱惑，提拉着拖鞋穿梭于梦境般的乡村夏夜，直到大人责骂数次后才到池塘码头迅速洗一下双脚归于平静。

一片土地有它的性格，童谣就如这片土地特有的农作物。小时候奶奶常教我哼唱一些儿歌，在我们还未去学校认识任何汉字之前我就学过不少儿歌。至今仍不会写自己名字的奶奶凭着她儿时的记忆把与一方土地息息相关的歌谣相传了下来，尽管她的发音那么含糊。我很不明白的是，学那些童谣时并不认识汉字，学了足以操作数十万字长篇小说的三千汉字后，我经常会忘记一些曾经感人的文字，而童谣至今一首未忘。譬如写到萤火虫，我的耳边会响起奶奶一字一顿的音调："火萤虫虫夜夜红，阿公挑水卖胡葱……"奶奶还活着，她掉了门牙讲话有点漏风了，如果再让她教我孩子关于"火萤虫虫"的童谣大概在我孩子的脑海里留下的是另一个声音的版本。我相信活着的人对逝去之人较有质感的纪念可能依赖于儿时的歌谣，那些声音。

中国不缺童谣更不缺励志的故事，一则"囊萤映雪"就讲了两个勤奋读书的范例。我比他们命好，生在爱迪生之后，虽说二十世纪八十年代还时常有停电的情况，但洋油灯总是家家户户用得起的，于是不必为考取功名之事担这方面之忧。所以每每想起这故事会为拥有相对优越条件却未能好好读书脸红耳赤。后读法布尔的《昆虫记》，内心才获得了稍许安慰："虽然这种光亮十分灿烂，但是同时它又是很微弱的。假使在黑暗之中，我们捉住一只细小的萤，然后把萤的光向一行油印的字上照过去，于是我们便会很容易地辨别出一个一个的字母，甚至也可分辨出不是很长的词来。不过，超过了这份光亮所涉及的比较狭小的范围以外，那就什么都看不清楚了。不过，这样的灯，这样吝啬的光亮，不久就会令读书人厌倦的。"再后来，方知囊萤夜读的车胤和映雪夜读的孙康人物形象源自明代浮白主人的《笑林》：一日，康往拜胤，不遇。问何往，门者曰："出外捉萤火虫去了。"已而胤答拜康，见康闲立中庭。

问："何不读书?"康曰："我看今日这天不像个下雪的。"读完心里说不清是啥滋味，突然觉得西汉的匡衡比他们可爱得多，虽说凿壁借光沾了"偷"的不道德之嫌，至少不像笑话里的那两位不务正业的伪君子。

有十几二十年没捉过萤火虫了，见还能时常见到，某个夏夜经过乡野会生颇多感触，没有比这更宁静的湖面了，萤火虫提着灯笼悠闲地散步，就如眨眼的星星在照镜子。我相信这有花有草的城市里肯定会有那么几只，只不过被不眠的夜给淹没了。如果我能够把这城市的电闸关一下，我肯定会去做，哪怕几秒钟，乍一回头发现就在身边，有那么一只在闪啊闪的也会心满意足，虽然萤火虫在说真话的法布尔眼里"从外表来看它似乎是一个纯洁善良而可爱的小动物，事实上它却是一个凶猛无比的食肉动物"。

蜻　蜓

　　在水世界里，水生动物 A 与水生动物 B 相遇了，这次相遇并不美好，水生动物 A 原来是凶残的捕食者，水生动物 B 还没来得及留下相遇的记忆就被吞食了。但令人意想不到的是，随着时间的推移，两种水生动物的发育成长使得两者的生理特征发生了巨大的变化：水生动物 A 慢慢出现翅芽、爬出水面，在某个日落时分离水，于日出前就起飞了；而水生动物 B 呢？它的尾巴也在渐渐变短、消失的过程中，先长出两条后腿，尔后长出两条前腿，最后它的蹼替代了尾巴的运动功能，"扑"的一下跃出了水面。

　　在某个晴朗的午后，长大的水生动物 A 和水生动物 B 相遇了，这次相遇也不美好，只不过角色有所变化：水生动物 B 腮帮子气鼓鼓的，一副咬牙切齿的模样，它一个矫健的弹跳，舌头一卷，把漫不经心的已会飞翔的水生动物 A 吞了下去。水生动物 B 美滋滋地回味一下，蹲在浮萍上休憩了。水生动物 A 是水虿，经历"羽化"

后变成了蜻蜓；水生动物 B 是蝌蚪，长大了变成两栖动物青蛙。生命真是令人难以想象的奇妙世界，比如这次"复仇"就有着短暂的前世今生的味道。

我并不知道蜻蜓中还有叫豆娘的。那种体小瘦弱、翅基狭窄、飞行起来有点力不从心的豆娘，在我的家乡也统称为蜻蜓。照例在动物界，两眼之间的距离大于一只眼的直径是正常的，在蜻蜓目中却有点不正常。至于为何叫豆娘、是否与豆类植物有密切关系，也无从知晓。但这名字听来，给我一种幻想：头束淡紫方巾、身着碎花短褂、系一蓝布围裙、一会儿磨豆腐、一会儿上灶下灶、一会儿为夫君沽酒、一会儿在油灯边纳鞋底的贤良淑惠的女子形象，素雅但不失妩媚。

较之豆娘，蜻蜓体格健壮许多，看起来也阳刚一点，似乎总有使不完的力量，我总想没事花力气飞来飞去地折腾干吗呢？刚想到这里，那只红蜻蜓似乎已经感知到了我的想法：层次分明的绿背景里，红是妖艳醒目的那种，它宛然不顾还有其他事物的存在，完全陶醉于自己的内心世界，这一幕就是著名的"小荷才露尖尖角，早有蜻蜓立上头"。画面那么清新与轻盈，却忽略了离画面五厘米处的危险：浮萍上的青蛙已经虎视眈眈了。可是，蜻蜓长着那么一对巨大的眼睛，据说有些还能拥有三百六十度的视界，可以说是大地上所有眼睛中把眼睛的功能发挥到极致的一种眼睛了，怎么就没留

蜻 蜓

意附近的那只青蛙呢？也许它的记忆力太差，早忘记曾经吞食蝌蚪的童年经历了，也压根没看出蝌蚪的兄弟长大了会变成青蛙这副模样，并具有了为兄弟报仇的能力。我倒更愿意接受另一幅画面的婉约：一只浅绿色的蜻蜓在享受晨浴，它张开两对透明的大翅膀，无数细密露水均匀地沾在它网脉交织的膜翅上，像极磨砂玻璃。约翰·戈拉奇为他抓到的这个镜头起了个诗意盎然的名字《水晶珠裳》。此刻它多像一幅静止的油画，深刻，但湿漉漉的美中包含着它对客观世界认识的无数种解释，或沉睡，或假寐，无论何种状态都不失一分淡定，仿佛这世界从未有过危险的存在。

也许，我得为这只蜻蜓的世界观做一番阐述，但这恰恰是我力所不能逮的，如果我的印象没有出错的话，在所有飞行昆虫（甚至包括飞行生物）中，我还没见过一旦展开就不再收拢的翅膀，尽管我不能分辨一只蜻蜓是醒着还是睡了。这是不是一种翅膀的信念和图腾？

蜻蜓的飞行也是我所见过的最有艺术美感的。它们甚至在交配的时候，也能以奇妙无比的弧形立体几何在空中移动，这种舞姿的命名至今尚未出现在人类的文明词汇中。我见过德国摄影家赫尔曼·布雷姆的一幅作品《守卫贞节》：八只豆娘停在一根不知名的植物枝干上，分作四对，正毫无避讳地投入地交配：雄豆娘用腹部末端的抱握器握住雌豆娘的头或前胸，通过它的动作诱引雌豆娘将其腹部前弯，接触到雄豆娘腹部基部的交尾器。这种集体"狂欢"的场面很是少见。据说，雄豆娘在交配前后都会用尾部抓住雌豆娘的颈部以防止它另寻新欢，因为雌豆娘在交配后产卵很快，有些雄豆娘甚至在雌豆娘产卵时也不松开以确保其产下的是自己的后代。所以，八只豆娘在同一画面上，四只雄性看起来是那么的自信。美国科普作家纳塔莉·安吉尔在《野兽之美》中还写有更令人称奇的事"雄豆娘的阳物尖顶上就带有一个勺子，交合之前，可以用它来把前一个射精者的精液很灵巧地刮出去"，能如此"守卫贞节"，看来蜻蜓是具有生理器官和生理意识双重基础优势的天才。

　　一只交配后的雌蜻蜓在水面上产卵了，不远处是一只也在产卵的青蛙……日出日落，水生动物 A 和水生动物 B 相遇了……又一个晴朗的午后，长大了的水生动物 A 和水生动物 B 也相遇了……每次相遇都不是美好的事，但此等不美好的事未尝不是美好的事。生物界的事情我也说不清楚，但无论怎样的轮回，生命终究是生生不息的。你看，还有那么多青蛙在田野间爽朗地欢歌，那么多蜻蜓在乡野间优雅地飞。我常把蝴蝶看作女性、蜻蜓看作男性，它们的灵动构成了乡间美丽昆虫中的"飞行双璧"。

蝴　蝶

　　某日清晨遇到了一只褐黄色带黑斑点的蝴蝶，她一扬一抑音乐般飞舞的节奏和我亦步亦趋（这个词语不含贬义），我止步想看看她究竟有什么举动，她却突然毫无戒备地在我的裤管上停顿了一会，这么一个瞬间，我莫名就被感动了。

　　这让我想起曾读过的一则趣闻，不由不寒而栗：尼日利亚南方翁多州的奥耶村发生过一起蝴蝶伤人致死事件。一天下午，小男孩沃尔斯跑到奥耶村附近的林子里玩耍，直到晚上还没有回家。焦急寻找他的家人后来在树林旁边发现了他的尸体。一个和小沃尔斯一道玩耍的男孩把他在远处看到的可怕的一幕告诉了沃尔斯的父亲。他说，有几百只好看的花蝴蝶飞来飞去，沃尔斯跑过去捕捉。可美丽的蝴蝶不但没有受惊飞走，反而向他围拢过去，扑到他的身上。除穿着短裤的部分外，他浑身上下落满了蝴蝶。当地一位昆虫学家查看了沃尔斯的尸体，发现他的身上有数百个大大小小的伤口，有

蝴　蝶

蝴　蝶

些地方的皮肤因中毒而变了颜色。他说，这是一种以食肉为生的蝴蝶，她们成群出动，专向牛羊甚至人类下手。这种蝴蝶唾液中的毒素，可置一些动物或人于死地。

幸好我生活的土地上没有这种暗藏杀机的蝴蝶，她们只剩下美。蝴蝶的美却极为脆弱，它适合入诗入画方可活得更久远些。"儿童急走追黄蝶，飞入菜花无处寻"，杨万里这一句至今依然是一幅活泼的乡村写照。我见得最多的蝴蝶是菜粉蝶，三四月间它们穿梭于油菜花丛纷纷跃动，虽说是不太好看的白、黄色调，却为这春的基调平添了几分灵动的气息。

蝴蝶似乎是属于女孩子的，但这普通的菜粉蝶连女孩子也提不起兴趣来。偶尔碰上一只颜色鲜丽、色彩斑斓的蝴蝶，她们会在风里追上一阵，一般徒手而归。倒是这菜粉蝶，多得无从计数，它们四翅合拢于背停在油菜花上时，是真休息也好假寐也好，你的动作只需轻微些，食指与拇指轻轻一捏就可抓住，但是你抓住了看一下就会随手甩掉，因为它的容貌实在引不起你观赏的兴致。那只菜粉蝶受了一下惊又继续在乡野间自由飞舞。这只受惊的蝴蝶与其他的蝴蝶一样，匆匆浏览了一下世界就会草草结束一生，如果和蜜蜂比，你或许觉得它的存在无所意义，但我们没有理由责备任何一种生命，至少它亲眼见过了美，甚至对美的认识比我们更加纯粹。

如果我还能够在老屋里找到儿时的课本，一定能翻到书页间夹着的树叶，草叶，或者是一只比菜粉蝶更美丽的蝴蝶，忘记了姓名的老师曾让我们采集动植物的标本，理由是充分认识这些事物。我现在比以前更无法理解老师的初衷，只知道，老师的话比家长的话更容易听得进去，最倒霉的当然是蝴蝶了。我们几乎没有采集和制作标本的工具：捕虫网、毒瓶、镊子、三角纸袋、昆虫针、三级台、展翅板、还软器、标签、压条纸、大头针……蝴蝶薄翼，捉住了往书页里一夹，书本也不会鼓鼓囊囊的，就算做完了一门功课。两张纸间就是一方墓地。

读筱敏的《捕蝶者》，文字诗意而亲切，视线慢慢下移，一段比一段重，震撼，有点窒息感，像被我亲手夹进书页的那只蝴蝶。文中的捕蝶者跋山涉水，收集着世界上最美丽的蝴蝶，熟练地使用着我未曾见过的那些采集蝴蝶和制作标本的工具。当他遇上那只珍稀的刚出蛹的新蝶时，激动得几乎昏厥，他眼窝潮热，倚着树干大口吸气。他是不是也有一份窒息的感觉呢？捕蝶者用手指在某只蝴蝶胸肌上轻轻一捏，却是致命的，于是我听见筱敏绵里藏痛的诘问："你感觉到那里有不可挽回的破裂声，这声音除你与它之外，连片刻之前与它双飞双栖的情侣也不能听见。"这位珍藏蝶的捕蝶者，用三十八毫米的昆虫针穿过蝴蝶的心脏。

而一名身患绝症的小男孩彼特终于握着美丽神秘的蓝蝶时，却放下了注满防腐剂的针筒，他选择让蓝蝶继续飞舞，并期待未来和她的再次相遇。能亲眼看见世界上最美丽的蓝蝶曾是他一直以来的愿望，这个世上只有昆虫学家艾伦曾经亲眼见过蓝蝶，在彼特母亲的恳求之下，昆虫学家被脑瘤晚期的十岁男孩所感动，于是愿意带着行动不便的他前往危险的雨林，捕捉世上罕见的蓝蝶。影片《蓝蝶飞舞》在讲述另一个生命的课题，就像送彼特那只蓝蝶的小女孩雅娜所言：你是蓝蝶，我也是蓝蝶，一切都是蓝蝶。彼特似乎也理解了雅娜的话，蓝蝶就是无处不在的生命，就是奇迹。最后他的脑瘤突然消失了，消失在放飞的那只蓝蝶被阳光折射出的动人光芒里，消失在关于生的祝福里。

我曾参加过一次宜兴的旅游节，宜兴也被称是"梁祝故里"，为渲染"梁祝"情深羽化成蝶的传说场景，善卷洞前放飞云南昆明购来的万千蝴蝶。一时间，满眼缤纷，蝴蝶们在另一片土地上音符般闪耀。但我知道，并不是有花有草的地方它们都能继续本就短暂的生命的，两地气候不同，它们最终的命运是提前结束一生。这一段延续了一千四百多年的传奇，因其有着所谓的文化，于是东南到宁波，西北到甘肃，全国有浙江、江苏、安徽、山东、河北、河南、甘肃、四川、云南、广东、福建十一个省保留着"梁祝"文化的遗址。莫须有的象征选择了蝴蝶，不知道是不是蝴蝶的悲哀？

我忽然喜欢起乡村那些不起眼的菜粉蝶来。蝴蝶不说话，它们曼妙的舞姿却是流淌的轻音乐，轻盈，翩然，节奏如江南水乡摇起的乌篷船。蝴蝶不该是凄美的梁祝，不该是那把忧郁的小提琴。

蜜　蜂

　　"蜜蜂在普希金和安娜·凯恩幽会的椴树之间高高的小径上采蜜"，读《米哈伊洛夫树林》，我被那只不认识诗人只顾自己写诗的蜜蜂感染得笑了……

　　车子在临近苏沪杭高速江浙交界处一个收费站两百米时慢慢减速，这短短一段路低飞的虫子出奇得多，我原以为暴雨欲来时蜻蜓的生理反应，此刻才发现这些飞虫根本不是蜻蜓。直到打开车窗其中的一只停在我右手的食指上时，朋友喊了声"蜜蜂"，我才看真切了那真是一只蜜蜂。车旁兜售枣子的农妇叫了一声"小心，别被它蜇了"，我陡然被淘气的童年所烙下的阴影下意识地打了个战。无奈，因食指与中指正夹着一支烟我无法完成一个猛然的弹指动作，它停在我的食指上起伏着屁股，分明有着随时攻击的可能。我鼓起腮帮试图猛吹一口气把它驱走，但这个动作完成后没有达到效果。卖枣的农妇可能为了一笔生意的缘故，边警告我别动边放下盛枣的篮子，看情形她有制服蜜蜂的办法。这个当口儿，我用憋足了的第二口气把这只蜜蜂驱走了，同时吹掉了农妇心里即将成交的一笔生意，我提到嗓子眼的心也终于落了下来。

江浙的九月蜜蜂好像是不见的，我搜索记忆时无意间扭过脖子，左面的一块条形石级上竟有一大堆褐黄色的蜜蜂，看得出大部分已经以死亡的形式存在，还有些在挣扎着蠕动，密密麻麻的，让人感觉很不舒服。不妨假设这样的场景：一辆装运蜂箱的大卡车由于长途颠簸，其中的一只蜂箱慢慢松动，因收费站的出现，司机刹车稍猛了些，蜂箱震动出一条缝。蜜蜂们以为到了春暖花开的地方，纷纷飞了出来。可是，江浙之地此时秋色渐浓，三月的油菜花不见了踪影，四月的紫云英不见了踪影，蜜蜂们慌了神。这位比安哲罗普洛斯的《养蜂人》的主角马虎的蜜蜂主人，继续开着大卡车依照花开时间编排的地图，带领他的蜜蜂随季节流转去了，留下这落单的蜂群在此反复飞旋。至于它们大批死亡，最大的可能是蜜蜂们扰乱了这里的秩序，收费站的工作人员不得不拿起夏天用剩的对付蚊蝇蟑螂的杀虫喷雾剂对准了无辜的蜂群……如此酿造了一出秋之悲剧。

我的家乡武进，在八十年代初就以全县蜂群五万八千零三十五群箱占江苏省蜂群的三分之一，在全省占第一、全国占第二，我妻子两岁时，她的出生地——武进县的礼嘉乡已是全国蜂群最多的乡。

蜜　蜂

家乡的放蜂人风餐露宿带着几十只木箱，等三月至四月油菜花和四月至五月紫云英开过后，就会离开，领着蜂分东线、中线、西线在祖国大地上画出了一幅辛苦与甜蜜并存的地图。那时候，我可崇拜放蜂人了，那么多蜜蜂都听他的指挥，好像一不听话就会成为无家可归的孩子。

"当你看到那些古老民族或部落数千年以来的生活方式走到了终点，你会不禁潸然泪下"，《时代周刊》上有这样一句对《蜂蜜与尘土》一书较中肯的评介，作者英国人皮尔斯·莫尔·爱德的青春正值灿烂却遭遇了一次严重的交通事故，为走出内心的抑郁，他选择了一种独特的方法：去寻找最美好的蜂蜜，在自然深处的甘甜芬芳中重获新生。

二〇〇一年四月起，他的足迹遍布意大利、中东、纽约、尼泊尔、斯里兰卡、印度……他或许应该来我的故乡走走，东部中国平原地区的一个乡村，这里蜜蜂代表了一个季节。春天是否准确来临，对我而言，乡野间平常的油菜花开是远远不够的，几声鸟鸣和蝴蝶飞舞也是不够的，当蜜蜂挨近花朵的时候，它的翅膀挟持着风，用一种语言告诉我：春天来了。

女孩捕蝶，男孩捉蜂。蜜蜂在我的眼里只分两种：蜇人的叫野蜂，不蜇人的叫家蜂。

"抠蜜蜂"是南方少年偏爱的童年游戏，我们对于一切数字间的较量源源不断。故乡的低矮平房被花花草草包围，你可以清清楚楚看着一只只蜜蜂在墙壁前飞来飞去，然后钻入墙壁上由于砖间泥土疏松出现的洞眼。一只小玻璃瓶子、一根细长的竹丝，趴在土墙或砖墙上，寻找墙壁上的洞眼。用竹丝探入洞中，左右探触，耳朵贴着墙壁，一旦听到里面有细微嗡嗡声时，就用玻璃瓶口对准洞眼，蜜蜂自然就被逼入瓶中。当然也可一边用竹丝掏，一边等蜜蜂探出头时，用左手的食指和拇指轻轻把它捉住，塞入瓶中。千万别忘记，一个洞眼里并非一定有蜜蜂，同样并非只有一只蜜蜂，多的时候可以掏出十几只来。

我们曾是热爱幻想的少年。看着蜜蜂们在瓶中飞飞停停，还往里面塞下一两朵菜花；我们也知道透气的原理，便在塑料瓶盖上钻几个小孔。有伙伴玩得厌倦了，就把蜜蜂倒出来，由于玻璃瓶闷湿的缘故，此时蜜蜂一时半会还飞不起来，只是在地上爬行。胆大的伙伴就把蜜蜂捉起来，左手两只指头捏住头部、右手两只指头捏住身体，一撕，蜜蜂就分成了两半：以花粉和花蜜为食、通过消化道转化的一丁点蜂蜜随即就被舌头感知到了。

可以肯定的是，一旦从墙眼里掏出野蜂，看见它屁股上那根正伸缩着的刺，心里就会来火。使劲往地上摔下，一脚踩上，听不见声音。殊不知，蜜蜂的刺针一生只能用一次。蜜蜂腹部末端的毒针是由一根背刺针和两根腹刺针组成，针后面连接着毒腺和内脏器官，腹刺针尖端有几个呈倒齿状的小倒钩，当蜜蜂的毒针蜇入人体的皮肤后，排出毒液再拔出刺针要慌忙飞走时，由于小倒钩牢固地钩住了皮肤，毒针连同一部分内脏也一起被拉了出来。蜜蜂用刺针蜇人实在是万不得已的事，也可以说蜜蜂是为了它的集体而牺牲了自己的生命。蜜蜂当然不会思考，但本能告诉它，遇到危险就使用刺针。如果让蜜蜂安静地过自己的生活，毫无疑问，它肯定只愿意酿蜜而不想打仗，蜇人意味着生命的结束。

蜜蜂与蚂蚁是两支过着母系氏族生活结构的社会型昆虫，与蚂蚁不同的是，蜜蜂是实现人类味觉需要的搬运工。"采得百花成蜜后，为谁辛苦为谁甜？"晚唐的罗隐这一问，蜜蜂自己是不知道答案的。很少有动物相对人存在的意义正好是它的名字颠倒过来：蜜蜂——蜂蜜，似乎在俏皮中带了点悲剧的色彩。而在自然灾害、天敌捕食、人为因素等各种威胁的夹缝里生存时，蜜蜂的种群不断减少，耳畔不由响起爱因斯坦一句可怕的预言："如果蜜蜂从世界上消失了，人类也将仅仅剩下四年的光阴。"人类所利用的一千三百三十余种作物中，有一千多种需要蜜蜂授粉。如果蜜蜂太少的话，人们将告别多少粮棉、油料和瓜果？

数月前我曾穿越城市去一个叫"红月亮"的休闲农庄，周围游人大都是暂且逃离都市的人，在这里似乎想找回一种生活方式，疏散玻璃窗生活的困倦。站在雕塑作品《蜂趣》面前，那两个形态逼真的小孩多像我和年少的伙伴。而我在想皮尔斯·莫尔·爱德的愿望：在不久的将来，我也许会拥有一个自己的蜂房，我还要在旁边为蜜蜂们开辟一个漂亮的花园。我要在花园里种上紫菀、香柠檬、琉璃苣、秋麒麟和薰衣草……这样的生活我还能拥有吗？

蜉　蝣

有一种朝生暮死的花，叫木槿；有一种朝生暮死的虫，叫蜉蝣。

木槿是我乡村待嫁的新娘，蜉蝣呢？"蜉蝣之羽，衣裳楚楚"，一副少年公子哥的形象，如果让蜉蝣爱上木槿，即便朝生暮死亦可谓是地久天长了。

木槿常见，有无见过蜉蝣，我已不能确定，我们那所有的昆虫里都没有这个喊法。这名字写也好读也好，都有恍惚感。和蝼蛄、蟋蟀之类的小虫一样，因了先哲的几声叹息，命运看起来单薄了些。

蜉蝣适合昆虫学家来写，读他们的著作，读到最后真是云里雾里。但有所收获的是，这么说来我是见过蜉蝣的。夏天傍晚时分，它们从水面纷纷起飞，乱舞一阵，又纷纷落下，那些比蜻蜓小、又比蜻蜓多两条细长尾须的小虫漂浮在水面上，死了，随流而去。所以蜉蝣的说法来自"浮游"有其一定的道理，我永远相信许多远古

蜉蝣

发音的稳固性。只不过我们喊它们"小虫",我们那对很多不知道名字的昆虫都喊"小虫",就像我们喊不知道名字的花都喊"野花"。

蜉蝣在希腊文、法文、德文中的意思都是"仅有一天生命的昆虫",那么在方块字书写中,你选小楷还是小篆、又怎么发音,它应该也就只活过一天。只能活一天,它们又不知道,这未必不美好。其实错了,昆虫学家告诉我们,蜉蝣的幼虫生活在淡水湖或溪流中,有几个月至一年的生命,以高等水生植物和藻类为食,等到充分成长以后,就爬到水边的石块或植物茎上,日落后羽化为亚成虫,再经过一天羽化为成虫。

成虫没有咀嚼能力,无法取食,完全依靠幼虫时期身体内的营养储备支撑剩下的生命,因此寿命很短,一般只能活几小时至一天。然而,蜉蝣在短暂的时间内必须找到配偶,完成交配以繁殖后代,等到体能耗尽后,它们就将自然死亡。

所以,再读《淮南子》的"蚕食而不饮,二十二日而化。蝉饮而不食,三十日而蜕。蜉蝣不食不饮,三日而死"就不觉得有矛盾了,三日不仅仅是成虫阶段。晋人郭义恭的《广志》有"蜉蝣可烧啖,美于蝉。蜉蝣在水中翕然生,覆水上,寻死,随流而去",这话中观察自然现象的部分没什么错,有点胡说八道的是蜉蝣可以烧了吃而且比知了的味道还好,那么细小柔软的身体,一烤就变成灰了。

若想多了解蜻蜓，还是去读昆虫学家的书吧。

我倒是觉着蜻蜓不再是翩翩少年的样子，它们可以是长袖善舞的妙龄女子。于是我又想起另外两种虫来。

一是《夜航船》所载的"鞠通"：孙凤有一琴能自鸣，有道士指其背有蛀孔，曰："此中有虫，不除之，则琴将速朽。"袖中出一竹筒，倒黑药少许，置孔侧，一绿色虫，背有金线文，道人纳虫于竹筒竟去。自后琴不复鸣。识者曰："此虫名鞠通，有耳聋人置耳边，少顷，耳即明亮。喜食古墨。"始悟道人黑药，即古墨屑也。鞠通的骨髓里都流淌音乐的天赋，多好的琴师。

二是酒虫。不是蒲松龄《酒虫》里"赤肉长三寸许，蠕动如游鱼，口眼悉备"的样子，酒虫我见过，在贵州一个叫"龟仙洞"的酿酒溶洞内，微生物群中有种形似蜈蚣的小精灵，我曾捉了条拿到洞外的太阳底下看，谁知一见日光就死了。听说属于异变类昆虫新物种，对生存环境十分苛刻，唯有在恒温、酒香浓郁的环境滋养下才会出现——热爱美酒的侠客，数十只手足以握住天下名剑。

鞠通抚琴，蜻蜓起舞，酒虫醉剑，多好啊，写得我都乐了，这是我私人版本的"聊斋"。

再说蜻蜓，真的，我们那没这个喊法，我们那几乎少有人能写出这两个字。

蚂　蚁

有人喜欢放大，我喜欢缩小。

多年来，我写诗歌《小》系列，其中有"它在数着腿/它不知道/它囤好的冬天/比我多/它的脚下/是和我一样大的中国/它仰望星空/眼睛闪烁/流露抱负的纯真/多美/它叫蚂蚁/和我有共同的祖先/它一生都活在童年/比我的纸张辽阔"，又或者"每遇到悲伤/我总选择小角度的转身/微笑会扑面而来/那里曾有一只蚂蚁/让我成为骄傲的骑士"，又或者"往回走/我获得了一种迷人的微笑/第一只遇到的蚂蚁/穿了初夏的短裤/在原地等我"。

蚂蚁是我诗句里偏爱的王子，它总是身着温情的礼服。

不像米什莱（法国历史学家），在观察到一次从森林带回的木蚁与当地土著黑蚁之间的交战、目睹了黑蚁骇人听闻的一幕后，他把黑蚁归纳为"这是一群野蛮、残忍而骁勇的部落，就像往昔曾在密西西比河流域和加拿大森林地带居住的那些喜爱报仇的英雄们、

蚂　蚁

易洛魁人和休伦人一样"。

还有个朋友在怀念童年了。他说看到老家的飞蚂蚁，想起小时候喜欢拔掉它们的翅膀，把它们的屁股凑到火苗上烧，会散发一股臭味……飞蚂蚁的翅膀脱落后，就是白蚁。

我们对于蚂蚁的初步印象，总是扛着粮食在万物共有的大地上匆忙赶路，作为社会性生活群体，蚂蚁具备了人类对生活的忧患意识：储备。这种昆虫界的劳模却也欺骗过我，杰瑞·毕晓普获"世界野外摄影大赛一九九八年动物行为其他类"冠军的摄影作品《勤劳背后的秘密》的画面里，在一枚嫩黄的叶子上，三只红蚂蚁看守着十五只橙黄的蚜虫：三只蚂蚁正在"放牧"蚜虫，监管着它们的"奴隶"努力从金凤花的花籽上汲取嫩汁，它们需要的是吃饱了的蚜虫分泌的蜜汁（在《蚂蚁的内战》一文里米什莱也叙述到了蚂蚁利用蚜虫的一面：它们用蔷薇、苹果树、桃树来打扮环境，还把大批蚜虫运送到树上，以获得蜜汁，供自己和幼儿食用）。或许这几段类似于"剥削"的释文有些偏颇，充其量也仅是生物界各取所需的自然现象，或者说一种生物的生理行为天生就是为另一种生物的生理行为存在的。而我们对于蚂蚁的初步认识，往往是从谋杀开始的。

谋杀一：凶手，孩子；凶器，放大镜；帮凶，太阳。在凸镜的追逐下，一只蚂蚁惊慌失措地沿着灰色而贫瘠的土地在竭力奔跑，但在一束光的亮点的笼罩下它显然变得慌乱而痛苦不堪，于是开始了生命的垂死挣扎，它的腿做出最后揪心的努力，慢慢地不能动弹了。一具如此小的身体也能冒出一股烟，一具如此小的尸体的焚烧也能看起来那么浓烈。"这个小笨蛋知道自己死定了"，一个孩子的声音；"这不是我的错嘛，老天"，在蚂蚁最终留下一具烤焦的尸体时，一群孩子的声音。这是电影《西西里的美丽传说》开头的一幕，墨索里尼的战争被关在孩子们的内心世界之外。后来我知道了这种好奇心背后的物理现象：聚焦。这种经历想必导演朱塞佩·托纳托雷也亲身体验过。不管是远在西西里的战火中，还是在东部中国一个宁静的乡村，我，还有忘记了名字的伙伴，在投入地干完这样的谋杀事件后，还在反复寻思着这镜子的神奇。它不仅可以把一个细小的字、一根细微的头发、一根手指的指纹放大外还具有如此强大的力量，甚至，我在课堂上不专心听课时就用这亮点烤白纸玩。有时候，也把这束光聚集到自己的胳膊上，尝试那种灼痛感，但从未想过蚂蚁死亡前的惊恐。

谋杀二：近乎神奇的悲壮——爱德华多·加莱亚诺《拥抱之书》中有过这样的情节：特雷西希尔是康涅狄格州的一个镇上的小姑娘，她像康涅狄格州或地球上其他任何地方的上帝的温柔小天使一样玩着同龄孩子们适合的游戏。一天，和她学校的小伙伴们一起，特雷西希尔把一捆燃烧的火柴扔进了蚂蚁洞。这个健康的儿童游戏让所有人都很开心，但是特雷西却被其他人没注意到的事情震撼了，或许他们是装作没看见吧，但是却让她整个人惊呆了，给她的一生留下了永不磨灭的记忆：面对大火，面对危险，蚂蚁们成双成对地分散开来，两只两只地在一起，紧紧地靠着，等待死亡。

谋杀三：光阴流转。四十多岁的邻居满脸兴奋地蹲下身来，从买回来的蔬菜中找到一只大青虫，他认真地掏出一只打火机，对着它肥胖的身体喷出火焰。大青虫痛苦地挪动着它笨拙的身体，试图逃离这个不堪忍受的灾难，挣扎、翻滚、十二脚朝天寸步难移。邻居不断地打着被风吹熄的火焰，奄奄一息的大青虫开始发出清脆的"嗞嗞"声。我看见他四岁的儿子蹲在他的身边慢慢拍起小手掌，我看见邻居的眼睛回到了他的童年时代，他认真地和儿子把这个游戏坚持到结束。而在此之前，我早已看到过这个小孩用另一种方式给蜻蜓宣判过死刑，以此证明，孩子没有受父亲任何教唆，这份记忆将会持续到若干年以后。

若干年以后，这个长大的孩子无聊时会干些什么呢？他坐在草地上，点上一根烟，这里的空气特别新鲜。他深深地吸了一口，一精神看见一只蚂蚁从眼前经过，它爬得很快，不知道去干什么重要的事。他把烟头堵在它前面，它感觉到了，并在一定距离的时候绕了过去，他又继续堵在它前面，它又绕了过去，他再放，它居然调头就走。他把烟头抵在它身体上方亦步亦趋，它跑得更快，仿佛头顶着一块炙热的天空。他得意了，一捏下去，细微的"嗞"的一声，这一声几乎听不见，蚂蚁却连尸体也看不见了。他又吸了一口，把烟头扔了。他转身，看见旁边一棵老树的树根下一大群蚂蚁正慢慢地向上爬，离树根三十厘米的树干上有一个小洞，蚁巢吧。他对着那狠狠地拍了几下，蚂蚁们慌慌张张从洞里爬了出来，这一巴掌对于蚂蚁来说约等于大地生气时给人类一个里氏八级的大喷嚏。接着他把打火机调到最大火力，一片连续的"嗞嗞"声，比刚才那声痛快，他的耳朵似乎也渐渐习惯了这种声音的快感。他为什么会是一群蚂蚁的世界末日？他有什么权利举手投足间掠夺那些卑微而无辜的生命？他自己也不知道，他自己也从来没有想过。

　　我喜欢缩小，还有人也喜欢缩小，那是罗勃特·勃莱，"当我们藏起伤口，我们从一个人／退缩到一个带壳的生命。／现在我们触摸到蚂蚁坚硬的胸腔，／那背甲，那沉默的舌头"。那是一首《冬天的诗》。

蚯　蚓

自留地里妈妈举起钉耙，用力地刨出一块土，再把钉耙翻过来敲碎土，如果有蛔线她就用钉耙齿钩出它们，抖落进身旁的铅皮桶。这些又粗又长的青蛔线可以充当鸡鸭的好饲料。

我喜欢的蛔线不是这种，它们藏在一些烂砖头下面，又细又红，或者用手扒拉一下土也能挖出来。然后我把它们装进一个用空的墨水瓶或塑料药丸罐里，往小池塘抛下一颗鱼引（米、糠，加入几滴白酒搅拌而成的团），鱼钩穿过蛔线的身子（另一种残酷的美妙曲线），组成池塘守望者的少年形象。那个少年曾是钓鱼高手，看着浮子从抖动到拖动，一尾尾白晃晃的小鲫鱼在幼弱的臂力上显得沉甸甸的，随着嗓子眼激动地提上、落下，红色塑料水桶装满了对丰盛晚餐的美好期待。我的钓竿上除鱼之外出现过如下事物：甲鱼一次，螃蟹一次，蛇一次，水草、枯树枝无数次。

蛔线，是我们那对蚯蚓的一种叫法。小时候学校会发一种驱蛔虫用的"宝塔糖",环节动物门的蚯蚓和线形动物门的蛔虫形体相像,也许就是"蛔线"这种叫法的由来。蚯蚓是我见过的较神奇的一种动物,壁虎为了逃生可以挣脱整条尾巴,但那只是身体的一个小小部分,把蚯蚓分为两段,它们照样蠕动、爬行,仿佛变成了两条蚯蚓。起初我一直以为蚯蚓缺少头的那一段切面上会长出一个新的头来,缺少尾巴的那一段切面上会长出一条尾巴来,于是一条蚯蚓自然变成了两条完整的蚯蚓。我的母校南京大学的一位毕生研究蚯蚓的老教授根据他的研究成果认为,一条蚯蚓被从中间切开后不可以再生为两条蚯蚓,只有包含脑神经结的一端可以活下去。

当惊蛰日唤醒沉睡的万物时,我仔细观察过,一场夜雨后,第二天道上满眼是蠕动的蚯蚓。有的只剩下半截身子,有的已被碾碎,半截身子的蚯蚓还在挣扎着寻找泥土。凡是看见蚯蚓的地方,不远处肯定有草地和裸露的泥土,蚯蚓大概趁夜间爬出来透气而迷失了回家方向。科学地讲,靠皮肤呼吸的蚯蚓因雨水的浸润导致泥土中空气减少时,它会爬出地面呼吸,然而雨过天晴后地表迅速升温导致蚯蚓感光细胞失灵无法回到地下,由于阳光暴晒后爬行困难等原因被大量滞留地面以致死亡。于是,到春分日之间,地面上残留下许多"蚯蚓干"。

说到"蚯蚓干",我见过一则收购启事:因加工生产需要,求购蚯蚓干六千公斤,要求二十公斤每袋,卖方主动报价联系,一二三级都可以，有供货能力者速寄样品两百克，告之供货数量，供货时间。这不免令我心生疑惑，蚯蚓干作什么用呢？药方，还是美食？因为我看到过两份菜单，说是蚯蚓营养价值极高：一是蚯蚓煎鸡蛋（配料：蚯蚓一杯，鸡蛋六只，剁碎洋葱四分之一杯，蘑菇片三分之一杯，芹菜四分之一杯，牛奶三分之一杯，胡椒粉二分之一茶匙，食盐二分之一茶匙，少量辣酱油及一滴胡椒调味汁。制法：将鸡蛋，牛奶，芹菜，洋葱，食盐及胡椒粉加在一起拌和，用平底锅烹调，以中火炒熟后，再加入洗净的蚯蚓和蘑菇片，继续烹调，最后加入胡椒调味汁及辣酱油，起锅，即成）。二是苹果汁曲奇饼（配料：剁碎干蚯蚓一杯，苹果汁二分之一杯，奶油二分之一杯，糖二分之一杯，鸡蛋三只，面粉三杯，碎核桃仁二分之一杯，丁梨二分之一茶匙，肉豆蔻二分之一茶匙，食盐二分之一茶匙，小苏打一茶匙。制法：先将面粉、小苏打、食盐及一部分糖加水调做成家常小甜饼。然后将剁碎的蚯蚓撒铺在甜饼上面，于一百六十摄氏度烤炉中，烘烤十五分钟后，移出，再将由奶油、蛋、糖、苹果汁、核桃仁和香料等组成，并将充分搅拌好的混合料浇在小甜饼上面，于烤炉上保持九十五摄氏度温度，烘焙约十至十五分钟，即成为一种美味可口的甜点心）。

这玩意我还真是张不开口。我之所以详细记录下这两份菜单，实在是惊讶于蚯蚓也能唤起美食家们的灵感为之大做文章。以前，我听奶奶讲过一个故事，说是有一个歹毒的儿媳妇自己煮面条吃时，却挖了碗蚯蚓当面条煮来捉弄瞎眼婆婆，老天惩罚她就把她变成一只"苦恶鸟"。每次听到这种鸟不太令人舒服的叫声时，奶奶就反复唠叨起这个故事来，她只是想提醒我们要孝顺，如果是不肖子孙那肯定没有好下场。话说回来，如果蚯蚓真有这么高的营养价值，那位弄巧成拙的儿媳妇反而成了侍弄婆婆的有心人，也可稍稍得到点宽恕。

多年后，由于两种文明的迅速交替、人类的困境摆在眼前时，我认识到了蚯蚓的不可或缺。旋转地球仪，大陆像补丁一样镶嵌在世界的外衣上，那些补丁的薄薄土壤却是人类和大地上各种动物的生存之本，而小小蚯蚓就是这土壤王国最重要的居住者。据达尔文的观察计算，呈现给我们这样的画面和数据：地表岩石逐渐被由蚯蚓从地下搬出来的肥沃土壤所覆盖，在最良好的区域内每年被搬运的土壤量可达每英亩许多吨重。与此同时，含在叶子上和草中的大量有机物质被拖入土穴，并和土壤相混合。蚯蚓的苦役可以一寸一寸地加厚土壤层，并能在十年期间使原来的土层加厚一半；然而这并非它们所做的一切，它们的洞穴使土壤保持良好的排水条件，并促进植物的根系发展。当这些来之不易的土壤被"巨兽"的触角延伸并轻而易举地覆盖摧毁时，我不由感到寒心和悲痛……先贤荀子在蚯蚓身上找到一种可贵的品质：蚓无爪牙之利，筋骨之强，上食埃土，下饮黄泉，用心一也。于是他在《劝学》篇里归纳出了众所周知的某类精神。

学习了这么多年，我还是无法从蚯蚓身上感受到荀子的发现。唐人卢仝一首《夏夜闻蚯蚓吟》倒曾令我触动，诗为："夏夜雨欲作，傍砌蚯蚓吟。念尔无筋骨，也应天地心。"它毫无疑问是土地的优秀犁手，从另一个角度讲具备了耕牛的部分价值和不可替代性，作为一个农业的直接受益者，我对它怀有多重的感恩。

蟋　蟀

　　少时习诗，欢喜动不动就用个词"跫音"。好像那种声音特迷人、特好听，还有个踽踽独行的影子，拖了一条忧伤的尾巴，现在想来只是年少多愁善感罢了。后知，跫指的是蟋蟀，比如"吟跫"。也可以指蝗虫，"飞跫满野"的场面够大了吧，那响声大概有"呼啸"之势，可想想满目疮痍的田野，庄稼人颗粒无收的绝望，真是糟糕的事。"食心曰螟，食叶曰螣，食根曰蟊，食节曰贼。"《尔雅》还把蝗虫细分为螟螣蟊贼四种吃庄稼的害虫。

　　乡下的鸣虫，老分不清的一般有蛐蛐、蝈蝈和蚱蜢。我没有法布尔那样投入的热爱，把蝗虫、蝈蝈、蟋蟀的成长、繁育、角逐生活观察得细致入微；我更没有他那双耐心的眼睛，"绿蝈蝈猛扑上去，将蝉拦腰而断，开膛破肚，一掏而空"。我以为这些虫儿饿了吃点嫩叶，渴了喝点露水，其他时间就没有烦扰地唱着。

　　蛐蛐就是蟋蟀，我们那不这么喊，这么个写法也是后来念过书的孩子才知晓的，到了蒲松龄那还叫促织。蝈蝈属于蝗虫的一种，名声没有蛐蛐好。至于蚱蜢，我经常和蚂蚱搞混，提起来耳边就响起山东口音"蚂蚱可好吃了"。我以为只有中国人吃虫子，我以为只有中国的山东人吃虫子，没想到，美国安大略湖的农场就饲养了三千万只蟋蟀和两千万只面包虫，农场每个月要运出大约八千磅（约合三点六三吨）的蟋蟀用于制作食品，这些蟋蟀最终变成了面粉、能量棒和小零食。美国的孩子像中国的孩子举着棒棒糖一样舔着蟋蟀。

汪曾祺的《黄油烙饼》写到奶奶死后，萧胜被爸爸接过去住，他"想奶奶，想那棵歪脖柳树，想小三家的一对大白鹅，想蜻蜓，想蝈蝈，想挂大扁飞起来格格地响，露出绿色硬翅膀低下的桃红色的翅膜……"。挂大扁就是蚱蜢，体瘦长，绿色，头细而尖，捉住它大腿后上身会上下摆动。再看它学名"中华剑角蝗"，显然也是蝗虫的一种。

小小的乡野角落，居住了昆虫的大家族，像我们一样，有堂兄堂弟、表兄表弟。没有一定的博物学知识，怕是难以一一厘清。不像螳螂和蟑螂，它们的长相就十分容易分辨。

蟋蟀褐灰色，并不多好看，不知何故，比其他虫儿多参与了人类的生活，故事也就多了。"就是那一只蟋蟀/在《豳风·七月》里唱过/在《唐风·蟋蟀》里唱过/在《古诗十九首》里唱过/在花

蟋　蟀

木兰的织机旁唱过"，中国的蟋蟀文化足以写一本厚厚的大书。"蟋蟀在堂，岁聿其莫……蟋蟀在堂，岁聿其逝"，蟋蟀躲进屋时，天气就变凉了。以前，"秋"不指季节，指的是蟋蟀。"秋"字的甲骨文字形中，就是一只有触须的蟋蟀。以前，我以为纺织娘就是蟋蟀。耳边又响起童年的夏夜。"奶奶，那是什么虫在叫?""纺织娘。""她在草丛里织布吗?"奶奶没有回应。大人总爱哄小孩，往往有的问题他们又答不上来。

那么问题真来了。我很不想再提那段："五月斯螽动股，六月莎鸡振羽。七月在野，八月在宇，九月在户，十月蟋蟀入我床下。"一说起头就大，可又不得不提。简单说，斯螽就是蝗虫类，莎鸡即纺织娘，也叫蝈蝈，是中型的斯螽，它们的亲缘关系比较近，与蟋蟀略远些。而大多数蝗虫类又可以叫蚂蚱。李白的"天秋木叶下，月冷莎鸡悲"也好，李贺的"谁能事贞素，卧听莎鸡泣"也罢，都有了秋悲之感。我总觉得他们也许弄错了，把蟋蟀当作了莎鸡。七月在田野，八月到檐下，九月入屋来，说的不是莎鸡，说的是蟋蟀的行踪，所以十月已经在床下叫了。想想当年的瓦房，确有蟋蟀在窗外叫着，有几只跑屋里的，一会在灶间叫着，一会到床下叫着，让人心烦，恨不得找出来踩死。尤其是灶间的，几乎被奶奶的扫帚扑碎，一只虫子在做饭的地方跳来跳去总觉着不干净。

麦浪起伏的五月，我的"合唱团"就有"蟋蟀拉琴，青蛙击鼓/水蛇扭腰舞碎水上的月亮"，写是这么写，我倒真没觉得蟋蟀叫有多好听，更想不通还有贾似道这样的大人物玩虫误国，却写了本很专业的《促织经》。《负暄杂录》记有，"斗蛩之戏，始于天宝。长安富人刻象牙笼蓄之，以万金付之一斗"。蟋蟀的名声是大唐时捧起来的，于是有了蟋蟀丞相贾似道、蟋蟀皇帝朱瞻基。至于黄庭坚说蟋蟀的"五德"，那是没甚道理的。蒲松龄的《促织》里有一只"巨身修尾，青项金翅"的蟋蟀，成名好不容易逮到这样一只可以像交税一样等待进贡的极品，却被淘气的儿子弄跑了。儿子害怕离开了家，最后在井里找到了他的尸体。一只蟋蟀搞得一户人家"夫妻向隅，茅舍无烟"。悲凄的夫妇准备埋儿子时，却发现他还有微弱的呼吸。《聊斋志异》的特性来了，成名听到了屋外的蟋蟀声，就去找啊找啊，却是一只又小又黑的低劣品种。突然，"壁上小虫，忽跃入衿袖间"，亲昵得像个孩子。那蟋蟀梅花形的翅膀、四方形的脑袋、长长的大腿，不仅斗败了人家骁勇的"蟹壳青"，甚至连公鸡也被它左右捉弄。这只蟋蟀为成名重新赢得了美好生活。一年多以后，成名的儿子复活了过来，说自己变成了一只蟋蟀。宛如一个孩子的梦，生活却比梦还真实。

此刻，另一个离家出走的孩子正逃过警察的管束，撒着欢儿穿过一片片田野和草地，疯了似的飞奔，越过荆棘林和灌木丛，跨过小溪和池塘，他为成功逃跑到家无比开心。耳边却响起一个声音

"喔……喔……喔!",那是一只在屋子里待了一百多年的老蟋蟀。老蟋蟀对孩子说,不听家长的话离家出走的小孩子们可要倒大霉,等他们长大了一定会非常后悔。孩子说,随你说去吧,小蛐蛐儿,我要是不走,所有男孩女孩们的经历都要落在我头上。要被送去学校,不管愿不愿意都得学习功课。我讨厌学习,追蝴蝶啊爬树啊掏鸟窝啊这些,可比学习好玩多了。蟋蟀像个睿智的老哲学家,反复劝告孩子要学一门手艺,但最终令孩子失去了耐心。"这世上只有一样手艺最适合我,那就是吃、喝、睡、玩,还有从早到晚东游西逛的手艺。""那些耍这门手艺的人,最后要么进了病房,要么进了牢房。"经过这样一段对话,孩子气急败坏地拎起板凳上的锤子,照着说话的蟋蟀用尽全力扔了过去,直接砸中了他的脑袋。可怜的蟋蟀发出最后几声微弱的"喔……喔……喔",从墙上掉落下来,死了。这个坏脾气的意大利孩子是谁,大家都知道了吧:匹诺曹。

想想,有时候未必要把它们分得太清楚。法布尔听到意大利蟋蟀的歌声是"各哩——依——依,各哩——依——依",我的蟋蟀依然就在童年的角落唱着,"喔,喔,……喔,喔……",无论是他的西方小提琴,还是我的东方口哨,他们都恬静平和地为我们吟唱祝福的经文。我和法布尔一样,觉着"在人类出现之前,它们就已经在这星球上歌唱;在人类消失之后,它们仍将继续歌唱,欢庆亘古不变的事物,歌颂太阳炽热的光辉"。

螺　蛳

　　吃螺蛳的时候，听许多人反过来喊，感觉有点别扭。听得多了，也就觉着是另一种亲切了。就像月亮，我的家乡都喊亮月。汉语有了籍贯，那就是方言。方言的性格，有点不讲道理的随和，无论你听不听得懂，语言区的人听得懂就好了。这好像有点小国寡民或自给自足的味道，但不妨说是一种乡村自信。可惜，英语成了必学的一门功课，弄得很多人连汉字都写不好了（估计不少人写不出蛳字，会写成反犬旁），感觉少了点自信。

　　螺蛳不是大菜，却是乡间下酒少不了的"点心"。奶奶烧着烧着发现少了一个菜，就嘱咐我去摸点回来。池塘的码头是块近两米长的平时用来洗衣淘米的青石板，这样的傍晚我只要顺着它没入水中的三个侧面胡乱抓几把，一海碗螺蛳一般是没问题的。螺蛳吸附在青苔上，就像一个个正在吮乳的婴儿。

　　然后用钢丝钳剪掉螺蛳屁股，放入油，盐，姜，酱油，料酒等爆炒一下，一盘好菜就可上桌了。我们那除了嫁过来的四川媳妇，几乎没有人吃辣，如果哪家门口的菜地种了几棵红辣椒，那这家肯定娶了个四川女人。我倒是因为在南京读过几年书，学会了吃辣，所以现在炒盘螺蛳会先往锅里扔几个干辣椒煸一煸。

我吃螺蛳大概是个高手，小时候不用针线，长大了不用牙签。直接一吸就出来了，少数吸不出的先对准螺蛳屁股吸一下，再从口处猛一吸也就吃到肉了。听着一桌子吸螺蛳的声音，教他们也老教不会，没耐心了，就说一句你用牙签吧。幸好牙签不是专门用来剔螺蛳肉的，要不生产厂家还要养一湖螺蛳作赠品了。我是无法考据谁是第一个想到这样吃螺蛳的人了，中国人饮食的智慧不可小觑。我想其中定有某种物理原理，我物理学得不好，所以说不上来。

小时候沟塘很多，村子里的农妇农闲时就出门耥螺蛳。耥，多么富有感情的农活用语啊，耥网本来就是一种农具。耥回来的螺蛳除了自家吃，大部分煮好后，把螺蛳肉剔出来，去菜场卖掉，再买回生活所需。螺蛳肉炒韭菜，也是昔日江南一道好菜。我以前还常摸螺蛳回来，用小锤子敲碎喂鸭子，那时候的鸭子伙食好，鸭蛋也营养丰富。

螺蛳最肥是清明时节，肚子里也装满了小螺蛳。我们那还有一种田螺，个头差不多有六七岁小孩的拳头大。从前听奶奶讲田螺姑娘的故事，觉得特别美，后来发现田螺姑娘的故事不光是我家乡独有的，几乎在水边的村庄里都生长这样的故事，单身汉多了，想法也就多了。

近日买得湖里的青壳螺蛳，在盆里养了两日，我才这么认真地看了看它们，居然在水里伸展出如蜗牛的触角，看得我心都柔软了起来（有一年，我在鼓楼四条巷不小心踢到了一只蜗牛，它被重重地摔了出去，壳上一个窟窿在我记忆里张开了很多年）。原来它们一样可爱，不同的是，蜗牛还有人为它们写诗写歌，螺蛳只有人为它们写各种菜谱。我以后还会吃螺蛳吗？似乎问得有点假惺惺，蜗牛都有人吃了。

可我的孩子偏偏在我吃螺蛳的时候问，爸爸，螺蛳有眼睛吗？我一时答不上来，就敷衍他说，螺蛳没有眼睛啊，你哪看见它长眼睛了？孩子说，螺蛳是有眼睛的，被你一煮就藏到壳里去了。哎，真是一点也没有办法的事，我已经看不见螺蛳的眼睛了。

河　豚

　　最初吃河豚的人，大概生吃，他也是第一次捉到这种样子的鱼。那时尚未有火，三两口吞咽下去定是一命呜呼的份。那时的人寿命不长，死了也不晓得是吃了河豚所致。慢慢这事发生多了，人们开始有所奇怪，怀疑。最初烹制河豚的人，怕是也逃不过死的宿命，一条肥嘟嘟的鱼哪能令人心生提防，想慢工出细活也还未讨到诀窍。到《山海经》终于有了一点儿经验，"敦水出焉，东流注于雁门之水，其中多䰽䰽之鱼，食之杀人"，从地理位置来看，第一次吃这种鱼被杀的也许还是朝鲜人。

　　扬州头号盐商程雪门宴请两淮盐务道铁保珊的菜单上，有几道时令蔬菜颇对我胃口，素炒蒌蒿薹、金花菜、马兰头，尤其是"只有三片叶子的嫩莴苣尖"，看得出这实为汪曾祺口味上的喜好。至于那些荤菜，有点奢靡得叫人咂舌：

　　甲鱼只用裙边。鲥花鱼不用整条的，只取两块嘴后腮边眼下蒜

河　豚

瓣肉。车螯只取两块瑶柱。炒芙蓉鸡片塞牙，用大兴安岭活捕来的飞龙剁泥、鸽蛋清。烧烤不用乳猪，用果子狸。头菜不用翅唇参燕，清炖杨妃乳——新从江阴运到的河豚鱼。

炒芙蓉鸡片塞牙，可见汪曾祺写《金冬心》时牙口已不是很好，于是他这个厨子设想了"大兴安岭活捕来的飞龙剁泥、鸽蛋清"为食材做了替代。金冬心品尝了一桌名贵菜肴后，想起一个人，就有了一丝耐人寻味的冷笑：你袁子才《随园食单》里对几味家常鱼肉也说得天花乱坠，真是没吃过好东西。金冬心对袁子才是有意见的，让他帮忙在金陵卖卜盏灯，对方倒反过来要他在扬州推销十部《随园诗话》，你揶揄我，我就用果子狸、河豚鱼寒酸寒酸你。我有点直觉，汪曾祺似乎把性格化于金冬心身上借他口说点想法，只是猜不出袁子才所对应的人来。

《梦溪补笔谈》说"吴人嗜河豚"，沈括之后河鲀才习惯写作河豚，这杨妃乳一说不知从何而来。我还读到过"脂至肥美，有西施乳之称"，所以说饱暖思淫欲，能经常吃吃河豚的人，有的就是七想八想的时间，粗茶淡饭的，寻思点东西也瘦。"长江三鲜"原指刀鱼、鲥鱼、河豚，想吃到野生的已十分难得。我因离长江不远，小时候刀鱼吃得多，清明过后，刺硬了的不是太值钱。后来食客多了刀鱼少有机会挨过清明，就会在清明前非常昂贵，我喜欢明前刀鱼胜过鲥鱼和河豚，那才真叫一个入口即化。这几年野生河豚鱼也能偶尔吃到，很多时候会被一种样貌相似的鲃鱼冒充，其实没吃过河豚的人哪吃得出两者的区别。我呢，野生河豚也好，鲃鱼也罢，几乎没了动筷的热情，那炖在汤中的金花菜倒是会一筷子夹起来吃掉。

有时逗河豚（更多的时候是鲃鱼）玩，用手指去戳它，戳着戳着它会气鼓鼓地胀圆肚子，浮在水面，像个笨蛋。这习性原本是河豚受外界干扰，吞下水或空气使身体膨胀成多刺的圆球吓唬天敌的。当年苏东坡见这一幕写了个《河豚鱼说》："河之鱼，有豚其名者，游于桥间，而触其柱，不知远去。怒其柱之触己也，则张颊植鳍，怒腹而浮于水，久之莫动。飞鸢过而攫之，磔其腹而食之。"他没交代那只吃了河豚的飞鸢是否被毒死，却好为人师，给大伙讲了个道理："好游而不知止，因游而触物，不知罪己，妄肆其忿，至于磔腹而死，可悲也夫！"这道理其实很没道理。

狗头河豚生气时，会全身发胀，水族馆老板对小尊说。台湾电影《河豚》中小尊将一条河豚倒入水缸养着玩，去水族店买饲料虾看见狗头河豚和自己的刺豚长得不一样，才知道河豚的种类很多。小尊和水族店老板有一段对话——那它可以活多久？只要好好照顾就可以活很久。要怎样好好照顾？最重要的当然是它的生存环境，它对环境忍耐度比较高，我说它可以忍耐，并不代表它会快乐。不快乐活再久也没意思。这对话也许得看了电影才入心，河豚终于在美食的天空外，象征了一次爱情。

以为河豚独属我所处的短短一段长江所有，春天可以邀约远方的朋友来尝江鲜挺稀罕的。在二〇一七年诺贝尔文学奖没公布之前，我从未听说过石黑一雄的名字，巧的是我读的他第一篇作品叫《团圆饭》，开头一句"河豚是一种能在日本的太平洋沿岸捕捞到的鱼类"，中国台湾，日本，到处都有河豚，竟让我心生失落来，有什么可稀罕、显摆的呢。

小说中写道："自从我母亲因为吃了河豚而中毒身亡后，这种鱼对我而言便有了特殊的意义。"那位母亲是一直拒绝食用河豚的，是什么缘故令她在某次旧校友邀请时做出了不便回绝的例外呢？《团圆饭》写河豚之毒写得很专业：河豚毒素集中在它的两个易碎的性腺里，所以在收拾鱼的时候，必须把性腺小心翼翼移走，稍不留意，毒素就会渗入鱼肉的纹理中。遗憾的是，这"手术"是否成功执行并不好说。能够证明的方法，就只有吃掉它。读小说的过程中，我一度猜测主人公那"以家族中流淌的纯正武士血统为荣"的父亲，会不会以煮一锅河豚汤的自杀方式来带走家人与渡边呼应。

我听说过好些——证明了这"手术"没有成功的事，但那一句"拼死吃河豚"的老话说了很久还在说下去。我不爱吃河豚倒不是怕死，它实在没有鲜美到传说中的地步。何况，有什么东西好吃得值得人舍命去吃上一口呢？明嘉万年间江阴人士李诩本也喜欢河豚，某日遇见河豚毒死一家四人时，再不敢吃，且逢宴便劝人，"世间甚多美味，省此一物无妨"。起码，团圆饭上还是少道河豚好。

鲤　鱼

　　尽管十分醉心于"鱼传尺素"之类萦绕的古老中国情愫，我还是忍不住偶尔掀开纱帘，问声：送封信干吗还得塞鱼肚子里呢？那么美的思念，得先剖开鱼才能取出来，还有股鱼腥味，除非是一个打鱼的给另一个打鱼的写信，闹着玩。真不如"驿寄梅花""雁足寸心"干净，闻着也清新。当然，大雁有没有给人捎过信是一个问题，起码它也不是随便给人捎信的，"我居北海君南海"的黄庭坚就会碰到"寄雁传书谢不能"的情况，因为一个值得"桃李春风一杯酒，江湖夜雨十年灯"的朋友吃了回"闭门羹"。我这个人老改不了这毛病，有时说太明白了，就不好玩也不美好了。

　　我蛮喜欢读到动人的文字，且作者是身份不明的无名氏，可以多些想象的空间。有个无名氏写了首《饮马长城窟行》，我就想啊，那个青丝落肩、手托香腮的女子，在旧时的月色里，泪盈盈地思念着心上人。我可以看见她"客从远方来，遗我双鲤鱼"的惊喜，可以看见她"长跪读素书，书中竟何如"的古老仪容，我这口枯竭之井，得时常来点汉乐府的音乐之水温润温润。年少时读此句，觉着古人挺会生活的，写封信给家人吧，还把鱼用作信封，读完信还能顺便将此"信封"做道菜吃吃。后来读着觉着不对，赶那么远的路鱼还新鲜吗？即便有马，从山东到山西的时日那鱼也快发臭了。果然，据闻一多考证："双鲤鱼，藏书之函也。其物以两木板为之，一底一盖，刻线三道，凿方孔一，线所通绳，孔所以受封泥……此或刻为鱼形，一孔当鱼目，一底一盖，分之则为二鱼，故曰双鲤鱼也。"那"双鲤鱼"还确有信封的用处。

说到用鲤鱼做菜，我们那是不吃鲤鱼的。置办喜事时，取一双鲤鱼摆放一下，寓意吉祥，完了会将它们放回河里。我读诗词，鲤鱼总是与"双"这个量词关联着，比如王昌龄垂钓后"手携双鲤鱼，目送千里雁"，有那么巧吗？就不会是钓到一条或者三条，看来诗歌也囿于某种固定的结构了。还有山东人王祥，继母想吃鲜鱼，天寒冰冻，他冒着寒风在河上赤露着身体卧冰，冰被暖化了，冰下也跃出了两条鲤鱼。几日前我在黄河入海口看见渔民在卖鲤鱼，心生奇怪，中午时分来了道鱼汤，说是"黄河鲤鱼"，味道极佳。那汤究竟有多鲜美，我不清楚，对于饮食我是有所为有所不为。当年京师洛阳有"洛鲤伊鲂，贵于牛羊"，这两句里鲤和羊我是从来不吃的。我生在长江边，也可以说生在太湖边，总自认为是一个幸运儿。除了吃到名贵的"长江三鲜"和"太湖三白"，几乎所有的鱼都吃过，唯独鲤鱼。鲤鱼的眼睛太深邃了，看下去，仿佛藏了几千年的中国。

有时，我常怀疑是不是受《诗经》影响，总是拿鳊鱼和鲤鱼相提并论。鲤鱼的味道我无从谈起，鳊鱼却是苏南水乡的寻常鱼类，比它好吃的鱼实在太多。见有人写文章写到鲤鱼老提那句"岂其食鱼，必河之鲤"，大概想表达如果要吃鲜美的鱼一定要选鲤鱼，为什么不去读读整首《诗经·陈风·衡门》呢？有些问号是不能忽略的。"岂其食鱼，必河之鲂？岂其取妻，必齐之姜？岂其食鱼，必河之鲤？岂其取妻，必宋之子？"说的是那时候恋人对爱情的态度，比我们许多人纯朴多了。

年画上，穿红肚兜的男娃娃骑在活蹦乱跳的大鲤鱼上，这种喜庆远比乘坐赤色鲤鱼的琴高好看得多。求仙之道也就没有了生死，没有死也没有了敬畏。生命一代代的延续令我们一生享用了更饱满的情感。

企　鹅

慢慢地，鹿胎盘、鳄鱼尾之类的菜肴已见怪不怪，我也勉强能够接受饕餮者爱慕饮食的那点虚荣。当一张菜单上闪出"企鹅掌"时，我沉默了……谁从南极带回了企鹅呢？忘记了在哪个餐桌上也遇见过这道菜，我没敢下筷，那是多么有趣的一双脚啊。

孩子考我，北极熊为什么不吃企鹅？

我不假思索地接话，北极熊吃企鹅啊。

哈哈，爸爸，北极有企鹅吗？

一想，原来孩子从哪学来了个类似脑筋急转弯的问题在糊弄我。

北极以前有没有企鹅我不知道，现在是没有企鹅的，北极只有一种长得像企鹅的大海雀。居然敢捉弄我，我也捉弄他一下，我说可以把北极熊带到南极去啊。孩子倒是被我问住了。

我没有去过南极，所以没见过企鹅，我见到的企鹅要么安静地躺在画册上，要么憨厚地摇摆在纪录片中。在我读过的古诗词中也没见谁写到企鹅，古人们更没机会去南极了。同样，我也没到过北极，那估计也是个待不惯的地方：六个月左右的极昼，我偏偏是个爱睡懒觉的人；六个月左右的极夜，没有足够的酒，我会一点也睡不着。但北极熊我是见过，在夏天的北京动物园，它捂在水池里，头趴在岸上，喘着粗气，眼神很是倦怠。

说野生动物园也有企鹅的，我没遇到过。

《帝企鹅日记》里，那些穿着燕尾服的西方绅士，却笨拙得很。每次从海上回来，总是遇到同样的难题，想找到自己的孩子，就像从草垛里找一根细针那般，小企鹅们看起来长得一模一样。为了找到它的孩子，每走一步就会停下来呼喊——天哪，那叫唤声听起来就像发动不了的老爷车熄火声。

不光是找孩子，最初企鹅爸爸和企鹅妈妈相识时，怕不认得对方，也用重复的舞蹈来记住彼此，它们跳起舞来居然有天鹅的曲线之美。直到默契了，它们才开始生命的繁衍。

企鹅不会飞，它的翅膀呈鳍状，这水中的双桨可以当翅膀一样使用。陆地上呢，它们东张西望，一摇一晃，动不动地还摔个跟斗。可企鹅爸爸是个好奶爸，至少比我出色。企鹅爸爸的样子，很像村子里会打毛衣的男人。企鹅妈妈生完蛋后，消耗了大量的体能，得去大海摄取食物补充能量，一去两个月。

企 鹅

爸爸和妈妈之间有几厘米的冰雪地，没有别的选择，妈妈必须让蛋迅速滚到爸爸怀里，如果蛋在冰雪地上停留超过二十秒，胚胎就会被冻死。有些蛋一会就被冻裂开了，简直千钧悬于一发，活下来真不容易。企鹅爸爸的双腿和腹部下方之间有一块布满血管的紫色育儿袋，能让蛋在环境温度低达零下华氏一百八十度的低温中保持在舒适的华氏九十七度。企鹅爸爸得在二十秒之内用非常短的双脚顺利将蛋纳入紫色的育儿袋。

企鹅不是哺乳动物，他得靠爸爸妈妈喂给他东西吃。世界上的生命真是神奇，袋鼠也有育儿袋，但袋鼠爸爸就没有企鹅爸爸辛苦。袋鼠是哺乳动物，袋鼠妈妈的育儿袋里有四个乳头，小袋鼠在那里吮吸着奶就会被抚养长大。

孵化期要漫长的一个月。之后爸爸们抱团取暖，躲避暴风雪，等妈妈们回来。孵化完宝宝，爸爸早已筋疲力尽，耷拉着脑袋。企鹅妈妈终于回来了，企鹅爸爸把孩子交给她，也得去大海捕食了。待爸爸归来，小企鹅早已饿得"嗷嗷"直叫，但爸爸一个月孵化期的体温陪伴没有白费，小企鹅很快认出了爸爸，张开小嘴接食了。纪录片用小企鹅的口吻表白："我肯定就是他，我确定是他了。大人们不停地来来回回，他们有两面，白色是他们满载的肚子回来了，黑色是肚子空空地出去觅食。我们背后跟前面一样都是灰色的，我们总是饿。"那一刻，我从另一个族类又读了遍《背影》。

小企鹅夹在爸爸妈妈中间好幸福，原来，一个孩子是不能缺少左边或右边的，虽然它们没有手可以相互握着，牵着。

企鹅吃磷虾、乌贼、小鱼，也被海豹、海狮、大贼鸥吃。每见大贼鸥去啄企鹅时，我也会觉得疼，会恼怒，我总想把手伸进纪录片狠狠地拍那贼鸥的脑袋几下。

贼鸥逃走了，小企鹅就能慢慢长大……等我和孩子去南极看它们，陪它们玩。

海　豚

二十世纪八十年代以前，我们的朋友很多。翻到出生地一九
八八年版的《武进县志》，哺乳类条有：野兔、黄鼬、蝙蝠稍多；
刺猬、狗獾、猪獾等少见；水獭已极少；长江流域尚有白鳍豚、江
猪等珍稀动物。

我呢，恰好生于二十世纪七十年代末。稍多的我当然见过，少
见与极少的我见过那么一两次。白鳍豚和江猪我是真没见过。而且
江猪这名字听起来还那么陌生。

江猪是什么样子呢？年长的人描述过，圆圆的脑袋，胖嘟嘟的
身子，浑身上下铅灰色或灰白色，黑溜溜的小眼睛。因为天生一副
"微笑"的面容，又称"微笑精灵"。

这个样子怎会是江猪的样子呢？多像是在说海豚啊。我想起海
豚嘴角微扬的模样，那是世间最动人的面容。它不过是一个顽皮的
孩子，做了妈妈也还是顽皮的孩子。我见过两种动物的眼睛最像孩

海 豚

子，一是羊（羊驼也是），二是海豚。海豚看起来总是在微笑，可动物学家说："海豚的微笑，是大自然最高明的伪装。这微笑让你误以为它们一直很快乐。"后来我看到一张图片，海豚看似总在快乐地表演，但它的吻部受了伤，连牙齿都露到了外面。

海豚是不喜欢表演的，大象、狮子、狗熊也不喜欢，没有任何一种生命不热爱自由，它们之所以还在表演，是一点也没有办法，人们知晓了它们的弱点，并以食物用以诱惑，人类把世界变成一个马戏团，却不知自己是最无知的丑角。

我和孩子去过一趟海洋馆，之前我和他都想近距离看海豚，后来再没去过。不是不喜欢海豚了，是不忍心再看到它们隐藏的不快乐。我更无法想象当年的日本海洋馆内，孩子们一边抱着绒海豚玩具、一边看海豚表演，还一边嚼着海豚肉干的场景。可悲的是由于某种隐瞒，很多人却不知道手中的零食是海豚肉制作。

吴敬梓在《儒林外史》写："驿路梅花尽，春帆出白门。翻风看社燕，吹浪有江豚。"江豚说的就是江猪。吴敬梓是滁州人，离长江不远，他生活的年代，肯定是常见到江猪的。

豚，指小猪。我想江猪的叫法就是这样来的吧。江豚叫江猪，海豚叫海猪吗？这个我不知道，反正河豚没人叫河猪，倒是古人会谦称儿子为"豚儿"。

清代画家聂璜绘过《海错图》，因为传说中的海豚是猪形，他却发现海豚是鱼形，就把疑惑告诉渔民。渔民说，海豚不是外表像猪，只有内脏与猪相似。欧洲人命名海豚时，就将它称为"有子宫的鱼"，他们看到了海豚外形像鱼，体内却有哺乳动物的子宫。

我记得初翻聂璜的《海错图》时，没发现海豚，在"鳞部"见到一个条目"海狫"，预感就是说的海豚，果然"狫"是"豚"的异体字。有趣的是，聂璜画的海豚实际上是江豚，没有背鳍，吻部短短的，他看到的海豚属于江豚一族。

海豚一会潜入水下，一会跃出水面，有人说它喜欢风。其实不是，海豚露出水面一是要呼吸，二是喜欢玩耍，还有就是用拍击水面的震动，赶走身上的寄生虫，以免危害它的回声定位系统和呼吸系统。或许，那些搁浅的海豚就是没有及时清除寄生虫所致。

聂璜还在《海错图》中记录了渔民对海豚的态度："网中得此，多称不吉，恶之。"中国文化中说海豚乃懒妇所化，因为拿海豚脂肪点的灯，放到玩乐之地，灯就明亮，放到织布机前，灯就变暗了……简直是捕风捉影。西方人对海豚充满了祝福，当我们仰望星空，就有一个星座叫"海豚座"。

老听说海豚救人，它有灵性，有人解释是海豚以为落水的是幼仔，有人说是海豚喜欢顶起漂浮物。不管如何说法，海豚即使不会救人，起码也不会伤害人。

人却总是要伤害它。鲸鱼抢了人类的食物，尤其是日本人最爱的金枪鱼。所以日本人捕鲸之外，还要残杀海豚，海豚肉卖不出价钱，就冒充鲸肉卖。二〇〇九年路易·西霍尤斯执导的《海豚湾》，记录了日本太地町当地的渔民每年捕杀海豚的经过。渔民受到质问时还反驳："你们吃牛肉，我们吃海豚肉，这是我们的传统，我们的文化。"海豚在哀号，海豚的喉咙被他们破布般撕开。

一个日本爸爸在大声呼吁："他们头不能举，目不能视，耳不能听，他们口不能言，食不能咽，他们手不能握，脚不能走……"这是工业废料灌入海水中，汞污染带来的"水俣病"，类似于若干年后发生的"切尔诺贝利"事件——我们的孩子们苦不堪言。海豚肉中含有高浓度的汞，汞是毒性非常强的金属元素，什么都想吃的食物链的终端者究竟明不明白呢？被围困的小海豚在挣扎，还得亲眼看着不远处的妈妈被屠杀，这是什么感受我们永远弄不明白。

人类腮帮一鼓，易危；再一鼓，濒危；再一鼓，一个进化了亿万年的物种就会带着它的面容永远消失了。

鲸　鱼

　　小时候，妈妈跟我说，大海很大的。我问有多大，她说反正很大很大。那时我不知道妈妈也是听说的，她还没见过海。妈妈又说，海里有一种鱼叫鲸鱼，很大很大的。我问鲸鱼有多大，她说反正很大很大，可以吃下一条船。那时我不知道妈妈也是听说的，她还没见过鲸鱼。只是觉得，鲸鱼是一种可怕的东西，牙齿比屋檐下的冰凌还长。

　　多年以后，我带妈妈去看海，妈妈说，海可真大啊。我俩都见过了海，但还没有看见真正的鲸鱼。或许，我们这辈子也不会在海上遇上鲸鱼了。

　　以前还有个韩昌黎，口吻与妈妈差不多，他说"海有吞舟鲸"。他写了首诗《赠刘师服》，说很羡慕对方的牙齿那么好，他的牙齿已经零落得不像样子，却在诗的最后两句写"巨缗东钓倘可期，与子共饱鲸鱼脍"，昌黎先生太天真、太可爱了，我想他也只是听说过海里有一种鱼，很大很大，大到他无法想象用怎样巨大的钓丝去把它钓回来。起码，我还在纪录片里见过鲸鱼的大，我再有豪迈之心、喝得再醉，也不会说出"钓鲸鱼"这样的话来。

《海错图》没提到鲸鱼，鲸鱼只有孩子们还在不断地用蜡笔画着。其实很简单，不是谁都可以见到鲸鱼的，又有几个人能到大海深处呢？郑和可能见到过，他下西洋到达过非洲东海岸，也曾进入亚丁湾，还从阿拉伯带回"龙涎香"。这东西说是非常名贵的动物香料，产自抹香鲸。雌性的抹香鲸体形小，不产龙涎香，唯一的来源是雄性抹香鲸的消化道，还得在进食大乌贼之后，排泄出来的分泌物。一百多年前，一家挪威的捕鲸公司在澳大利亚水域捕到一头抹香鲸，从它的肠子里获得一块四百五十五公斤重的龙涎香（鲸鱼可真大啊），并以两万三千英镑的巨价出售（可谓世上最昂贵的粪便了）。

我们大多数人仿佛来过大海，以为懂了大海，只是在大海某个很浅的部位潜了一会水，看到了珊瑚、鱼类、贝壳，前所未见，我们惊讶、感动，以为拥有了大海。其实那只是个鲸鱼不会到来的地方。

近来听说了一个新鲜词"鲸落"，不知何意，只感觉是个大事情，于是去查询资料，大致是说：当鲸在海洋中死去，它的尸体最终会沉入海底，这个过程为鲸落，一头鲸的尸体可以供养一套以分

鲸 鱼

解者为主的循环系统长达百年。在北太平洋深海中，鲸落维持了至少有四十三个种类一万二千四百九十个生物体的生存。

鲸鱼与大海最后的深情一吻，留下的几个数字是令人震惊的。

我又想起另一个词"搁浅"，一下感觉呼吸不顺畅了。一头搁浅在海滩的鲸鱼胃里，有多达包括渔网、绳子、包装袋、塑料杯子等几十公斤的垃圾。

鲸鱼，前肢形成鳍，后肢完全退化，尾巴变成尾鳍，头大，眼小，没有耳壳，鼻孔在头的上部，用肺呼吸。很大很大的一种哺乳动物，大得在挪威、冰岛某个瘦小的捕鲸人一跃而起时用尖锐的矛刺向它的身体的巨大阴影里，它又是显得那么单薄。如果，如果你因为想多了解鲸鱼而知道了一条"五十二赫兹的鲸"的故事，你会在夜深人静时，为这条世界上最孤独的鲸鱼难过的。

白　鲟

这是一座座墓碑：

史德拉海牛，一七六八年灭绝；

恐鸟，一八〇〇年左右灭绝；

中国白臀叶猴，一八八二年灭绝；

南极狼，一八七六年灭绝；

云南闭壳龟，一九〇六年灭绝；

新疆虎，一九一六年灭绝；

中国犀牛，一九二二年灭绝；

亚洲猎豹，一九四八年灭绝；

普氏野马、高鼻羚羊，二十世纪六十年代灭绝；

台湾云豹，一九七二年灭绝……

数字纪年慢慢挨近，终于有点惊心动魄。如果说，有些面孔在时空中离我很遥远的话，滇池蝾螈在一九七九年灭绝了，那一年我出生。我出生后，墓碑们还在继续竖起来：

里海虎、爪哇虎，一九八〇年灭绝；

亚欧水貂，一九九七年灭绝……

白鱀豚消失不久，很快迎来了——长江白鲟，二〇一九年灭绝。这是长江特有的物种，自中生代白垩纪残存下来的极少数远古鱼类之一——在地球上生存了一亿五千万年后，消亡了。

消亡这样的词语用得多了，人类有些麻木，简单地说，你再也看不见它们的面孔。一个人过世了，再也见不到他的面孔，但可以从他的孩子身上找到些影子。可白鲟以及它的孩子一个也没留下。

遗憾的是，我在长江边长大，却从未见过白鲟，二〇一九年这一页一翻过去，就只剩下某个标本了。或者，打开集邮册，捏住那张中国邮政一九九四年发行的面值五十分的特种邮票，还可以好好打量几眼：白鲟，又叫中华匙吻鲟。它向前突出的口、唇很长，仿佛想第一个亲吻到这个世界。

白鲟一般在金沙江下游和长江上游活动，偶尔也会到长江下游。每年的四月左右，白鲟会在宜宾一带的江段产卵。渔民们常年在此地打鱼，对白鲟的生活习性很了解，所以每年此时都在此处捕捞白鲟——"只要捕获一尾，无论是中华鲟还是白鲟，所得的收入都会比打十几网小鱼的收入还多。"那时，每年白鲟的捕捞量足足有五吨，渔民说："鲟鱼肉用板车拖到街上去卖，像卖豆腐一样，要多少切多少，也不用称。"《沙郡岁月》里，数十亿只旅鸽的灭绝不到一个世纪，那时的人们大概都不会想到，白鲟的彻底灭绝仅仅是几十年。

从长江鲥鱼、白鱀豚的灭绝到白鲟的灭绝，江豚和中华鲟也日渐稀落……我的长江瘦了。砍伐、污染、滥捕，一道道坝像一遍遍绞刑，长江被哺育过的忘恩负义的子民们折磨得奄奄一息。

鲟鱼，古时称鲔。曾经"鳣鲔鳟魴，鳈鳢鲨鳊"这样壮观的鱼群，现在游着游着"鲔"不见了，挺让人伤感的，像把左思的《三都赋》抠掉了一个字，留了个空框，你用自己的想象，爱填什么填什么吧。

翻英国摄影师蒂姆弗拉克的镜头，一只卷尾猴多像在用手指算数的孩子，滇金丝猴的嘴唇红得好像刚吃了辣火锅……维多利亚凤冠鸠、灰冠鹤、红色雅各宾鸽子、黑白花狨、食猿雕、比熊犬，一张张脸长得那么美那么惊艳。可是，它们脖子上都挂了病诊结果：濒危。

照此，人类中的最后一个也快倒下，他忏悔着、挣扎着竖好一座墓碑：人类，于不久的将来灭绝。之后，也许不会再有墓碑竖起。

一生只写一首诗

——为张羊羊《大地公民》作

翟业军

人的心性真是各个不同。就说写虫子吧，在鲁迅的失去了的百草园里，油蛉在低唱，蟋蟀在弹琴，肥胖的黄蜂伏在菜花上，轻捷的叫天子忽然从草间直窜向云霄里去了。这是一个万物有灵、有理的喧腾的世界，这个世界的背后站着一位看穿了人世间的万般诡诈、丑恶却不会被改变一分一毫的天真诗人。周作人也喜欢写虫子，书本里的虫子，作为掌故的虫子。就像是写虱子，他一定要从王安石胡须上的虱子说到《四分律》中的虱子，再说到小林一茶俳句里的虱子："虱子啊，放在和我味道一样的石榴上爬着。"书本、掌故中的虱子妙趣横生，但它们要是真的爬到知堂身上的话，他也许要懊恼、恶心的吧——真实的虫子令知堂生厌、恐惧，书本、掌故才是他的百草园。

《大地公民》也是写虫子、兽物的，张羊羊的写法介于周氏昆仲之间：动物不只是他抒情的灵媒，他还要追索它们的来龙去脉，钩沉它们在书本、掌故中的踪迹；他热衷于搜寻作为知识、传说的动物，作为知识、传说的动物又以真实的动物作支撑，它们一起组构成一种既是真实又出于想象、既在那里又绝不只是在那里的丰富的动物、灵动的动物。坚决地走在这一条中间道路上，张羊羊描画出本真到陌生、崭新的大地、天空、河流，大地上羊吃草，天空中燕子飞，河流里鱼"欻"的一声跃出了水面，这不就是鸢飞鱼跃？这里的鸢飞鱼跃只要从字面上去理解、去想象就好了，无关乎宋明理学，或者说，只有跟"比德"传统一刀两断，鸢才能飞、鱼才能跃，它们这才是"大地公民"。张羊羊的"大地"拒绝人类踏入，就连他自己，也只能艳羡地看着这个清澈、温暖到绝对异己的世界。我猜，说《昆虫记》"以人性观照虫性，并以虫性反观社会人生"的论调，大概会让张羊羊感动不适的，他要反问的是：人性如此昏聩、凶残，怎么可能观照得出虫性？从这个意义上说，反对意识形态附会的《大地公民》还是有着一个不容置疑的意识形态：对人性的狐疑。此一狐疑，《自序》中就有分明的揭示："它们在我们身边飞着，跑着，游着，很快乐的样子，它们觉得我们善意，是朋友，却不曾想我们给它们的大多数起了一个总名字：野味。"就是这一份狐疑让我看清一个事实：张羊羊温和、古道热肠，其实是有"刺"的，古怪的，在他那里，有些基本原则坚决不能让渡，就像"大地"不允许被玷污一样。

《诗经·蜉蝣》曰："蜉蝣之羽，衣裳楚楚。心之忧矣，於我归处。"李后主说："林花谢了春红，太匆匆。无奈朝来寒雨晚来风。"草木、虫鱼、鸟兽的生命总是匆促的，它们朝生暮死，人类短短的一瞬也许就是它们的一生。对此宿命，一直在用彩色蜡笔画下树熊和它的浆果一样的梦的张羊羊领会尤其深、痛，他知道他所钟爱的对象的迅疾的生死，他更从它们迅疾的生死中提前遭逢了自己的终极命运。于是，他总是匆匆忙忙地谋划着自己的未来。还没有结婚的时候，他就设想要生一个属羊的孩子；这个并不属羊的孩子刚生下没多久，他又设想孩子很快就能长大，因为长大了就能陪他喝酒。他的谋划真是匆忙，以致于才过了四十，他的牙齿就差不多掉光了，好像一步抵达老境。不过，苍老的外表下还是有着一颗倔强的童心啊，而苍老与童心的辩证也像极了这些"大地公民"：它们一派天真，其实离死亡并不遥远，它们也许很快就死了，但它们依旧一派天真。所以，"大地公民"就像是一个个结晶体，清晰地揭示着一切有生的命运——仿佛有一道阳光照在上面，格外澄澈。刻写下这些结晶体的张羊羊是感伤的，因为美好的东西就是不能在时光中静止；又是坚强的，因为他勇敢地迎向它们以及自身的命运，他就像加缪笔下的"荒诞的英雄"。

前年的张羊羊作品研讨会上，我和其他朋友对他提出"中年变法"的问题，希望他突破自身的同一性，写出"杂色"来。他是沉默的，此一沉默，我解读为温和却斩决的拒绝。会后，我思索了很久，大概懂得了他的坚持：时序去如流矢，就跟几个投缘的朋友喝酒，喝着喝着就老了；人生宛如飞蓬，就反复书写着自己忘不了、放不下的"大地公民"，写着写着就是一辈子了。生年不满百，短短的一生只够爱一个人，只能写一首诗。能爱了一个人，能写出一首诗，这一生就完成了，就值了，不是吗？

这是我为张羊羊写的第三篇"跋"。我想，一再让我写"跋"，也是"一生只写一首诗"的一个小小注脚。

二〇二一年四月十七日，浙大启真湖畔